Lars Gustafsson
Nachmittag eines Fliesenlegers

Roman

Aus dem Schwedischen von
Verena Reichel

Carl Hanser Verlag

Die Originalausgabe erschien unter dem Titel
En kakelsättares eftermiddag
bei Natur och Kultur in Stockholm

ISBN 3-446-16306-9

Satz: Fotosatz Otto Gutfreund Darmstadt
Druck und Bindung: May + Co Darmstadt
Printed in Germany

»L'histoire d'une vie, quelle qu'elle soit, est l'histoire d'un échec.«

Jean Paul Sartre, »L'Etre et le Néant«

Gesammelte Arbeiten

Torsten Bergman hieß der Mann, war weißhaarig und dünn. Fliesenleger, geboren 1917. Und also an dem grauen Novembermorgen des Jahres 1982, mit dem diese Erzählung in Uppsala beginnt, bereits 65 Jahre alt. Er schlief in einem Bett, das einst ehelich gewesen war und doppelt. Jetzt war es ein Einzelbett, mit schmuddeligen Laken. Alte Zeitungen und ein paar leere Flaschen lagen hier und da auf dem Fußboden verstreut, und hinten in der Ecke ein eingehaarter alter schwarzer Teppich, auf dem gewöhnlich der Hund schlief.

Der Tag begann auf die einzig mögliche Art: das Gras schon vom ersten Frost gebissen, der Hund seit Tagen entlaufen, jegliches Leben unklar, und am meisten sein eigenes. Der Garten verwildert, die Landschaft schief. Das Einfamilienhaus war alt, aus früher einmal grün gestrichenem Holz, jetzt fast graublau, mit abblätternder Farbe. Müde Äste von schweren alten Apfelbäumen neigten sich bedrohlich über die morsche Veranda. Der Garten war ein wüstes, unordentliches Monument von Torsten Bergmans gesammelten Arbeiten. Und, wie jemand vielleicht gesagt hätte: seiner Mißerfolge.

Das Morgenlicht, noch grau und erfüllt von nackten, eiskalten Tropfen des nächtlichen Regens und gefleckt von unbeschreiblich fahlen und vagen Träumen, wurde von der dicken gelben Jalousie ein wenig abgebremst.

Der Garten des Hauses, der, ehrlich gesagt, kaum mehr nach einem Garten aussah, war seit fünfzehn Jahren mit Wellblech eingezäunt, statt des alten Holzzauns. Wenn der Zeitungsbote morgens zwischen vier und fünf auf dem Weg zum Briefkasten des Nachbarn für einen Augenblick mit dem Fahrradlenker dagegenstieß, durchlief es den ganzen Zaun wie ein Zimbelschlag; Bergman haßte diesen Laut, der ihm jeden Morgen die Notwendigkeit ins Bewußtsein rief, aufzustehen und wieder zu leben. Wie viel lieber wäre er doch in seinen Träumen geblieben, wo sich fahle, ungewisse Schatten bewegten!

Er hätte es weitaus vorgezogen, nicht zu existieren, als zu existieren. Wenn ihn jemand nach seiner Meinung gefragt hätte.

In dieses Zimmer nun drang, schrill und durchdringend, um halb sieben an einem Donnerstagmorgen in Uppsala im November 1982, das Klingeln des Telefons. So begann ein Donnerstag, der kein richtiges Ende fand. Aber das konnte noch niemand wissen.

Er hatte keine Lust, zum Fenster hinauszusehen. Er wußte nur zu gut, wie es da draußen aussah.

Eine Einzäunung, eine Palisade aus Wellblech hat den Vorteil, daß sie nicht vermoderte wie die spröden Holzzäune, mit denen die verträumte Jahrhundertwende einst diese Arbeiterhäuser ausgestattet hatte. Sie hielt sich gut. Ursprünglich waren die Häuser für die Angestellten der Kachelbrennerei Ekeby vorgesehen. Diese Fabrik jedoch gab es nicht mehr. Der Zaun hingegen hatte Bestand. Er hielt Diebe und die Bengel aus der Nachbarschaft fern, und vor allem konnte man in seinem Schutz den ganzen Kram ansammeln, den man dort lagern wollte. Blumenbeete brauchte man jetzt nicht, wenn man schon keine Frau mehr hatte.

Eine alte Klempnerbank, nicht weniger als drei verschiedene Schubkarren, ein Motorboot aus Holz, das seit den fünfziger Jahren, als seine Frau Britta das Zeitliche gesegnet hatte, nicht mehr in der Ekolnsbucht gewesen war. Es war so etwas wie ein Stein geworden, gehörte zu den festen Bestandteilen des Gartens. Seit damals war es von einer Persenning bedeckt, und vermutlich war es jetzt nichts anderes als ein Unterschlupf für Mäuse, und infolgedessen bei den zahlreichen wohlgenährten und durchtrainierten Hauskatzen der Gegend äußerst beliebt. Was noch? Ein ganzer Stapel von gußeisernen Röhren, die er einmal im Tausch für irgend etwas anderes bekommen hatte, und die für einen Röhrentausch gedacht waren, für den es bestimmt schon zu spät war. Ziegelsteine, von Hartfaserplatten geschützt, Bauholz, das sich schon längst zwischen den Fingern zerreiben ließ, und ganz zuunterst ein Rasenmäher, der im Jahre 1947 angeschafft worden war und zum erstenmal durch frühlingsgrünes Gras knatterte, als der älteste Sohn geboren wurde.

Von der Stimme am Telefon begriff er zunächst nicht das geringste. Es fiel ihm immer schwerer zu verstehen, was man am Telefon zu ihm sagte, vor allem morgens. Und nicht selten war er in solchen Situationen versucht, den Hörer unwirsch aufzulegen, wenn er nicht recht kapierte, wer am Apparat war und was er wollte. Stimmen am Telefon setzten gewöhnlich zu vieles als selbstverständlich voraus. Erst als er merkte, daß diese Stimme einen finnischen Akzent hatte, wurde sie verständlich.

An dem Anrufer war nichts Besonderes. Und auch sein Anliegen war recht alltäglich. Die Stimme gehörte einem Klempner, Elektriker, ja, etwas von alledem, namens Pentti. Torsten kannte ihn in gewisser Weise sehr gut. Früher hatten sie in vielen Bautrupps zusammengearbeitet. Zuletzt bei der Verlegung eines neuen Küchenfußbodens in einer Firma auf dem Flughafen Arlanda, die die Mahlzeiten für die Passagiere zubereitete.

Es war ein widerlicher Job gewesen, aber sehr lukrativ. Er hatte kaum einen nüchternen Tag gehabt in den darauffolgenden drei Wochen. War mit dem Taxi zum staatlichen Spirituosenladen in Luthagen gefahren, um sich nicht im Bus mit den alten Weibern drängeln zu müssen. Seit einigen Jahren bereitete ihm das Busfahren immer mehr Unbehagen; alles, was ihn mit anderen Menschen zusammenbrachte, gab ihm das Gefühl, ersticken zu müssen. Dann wurde er leicht mürrisch und aggressiv.

Die Proviantküche der Fluggesellschaft war riesig, und es wimmelte darin von kleinen, lebhaften, laut und unverständlich palavernden Ausländern oder was zum Teufel sie sein mochten, die mit der mechanischen Energie von Blechmännchen mit einem Schlüssel zum Aufziehen im Rücken an den großen Restaurantherden in der einen Hälfte weiter kochten und brutzelten, während man in der anderen Hälfte den alten Gummibelag abriß, so daß Staub und Klebstoffreste aufwirbelten. Der Boden sollte gekachelt werden, und Torsten hatte zusammen mit Petterson aus Gottsunda den Job schwarz bekommen. Seit er wegen seines Magens die vorzeitige Pensionierung durchgesetzt hatte, arbeitete er nur noch schwarz. Petterson aus Gottsunda hatte geschworen, nie wieder einen legalen Job zu machen, seit das verdammte Finanzamt ihn 1973 für fünfzigtausend Kronen nachbesteuert hatte, und diesem Schwur war er treu geblieben. Leider hatte er den Job nach wenigen Tagen aufgegeben, und Torsten war allein zurückgeblieben. Das Herz hatte nicht mehr richtig mitgemacht, und das war an sich kein Wunder.

Unter dem alten Gummibelag war eine gärende, halb

organische Masse zum Vorschein gekommen, ein Kompost, könnte man es nennen, aus Essens- und Soßenresten und was es sonst noch war; Verschüttetes und Verdorbenes aus der Flugpassagierküche seit den fünfziger Jahren, eine unbeschreiblich ekelhafte, kleisterähnliche Masse. Die hatte er mit Spaten und Schubkarre fortschaffen müssen. Sie war hellgelb gewesen wie Hundepisse und hatte derartig gestunken, daß der Sprache die Worte fehlten, um sie zu beschreiben. Es war eine Mischung aus vergorener Soße, dem Geruch einer Fuchsfarm und einem Pissoir mit alter Sauermilch darin.

In seinem ganzen Leben war ihm nichts derart Widerliches begegnet! Wieder und wieder hatte er hinausrennen müssen, um in die Schneewehen vor dem hangarähnlichen Küchengebäude zu reihern. Und immerzu hatten diese Araber oder was zum Kuckuck auch diese dunkelhäutigen kleinen Menschen nun waren, auf den großen, bekleckerten Herden gebraten und in riesigen Kesseln gekocht, während Staub und Dreck in dieser Höllenküche herumwirbelten. Schließlich hatte er das Schlimmste beseitigt und die Spachtelmasse auf dem Boden verteilt, um ihn mit finnischen Fliesen zu belegen. Da hatte es nicht mehr ganz so ekelhaft gerochen.

Dafür war es höllisch schwer gewesen, die verflixten Leute daran zu hindern, auf die frisch verlegten Fliesen zu treten. Es schien nichts zu fruchten, auch wenn man es ihnen hundertmal erklärte. Vielleicht hatten sie noch nie eine Fliese gesehen? Die Fugen rissen und lockerten sich, und nichts wollte mehr stimmen. Manchmal fragte er sich, ob Fliesenkleber und Fugenmasse in den letzten Jahren in aller Stille und auf unmerkliche Art gegen etwas Schlechteres ausgetauscht worden seien.

Mit der Zeit war es, Gott weiß warum, immer schwieriger geworden, die Kacheln an den Wänden zu fixieren. Ob das nun an den Wänden lag oder an den Kacheln, war schwer zu sagen. Es war ein Job wie jeder andere. Eigentlich war daran nichts Besonderes. Jobs waren nie besonders angenehm. Wenn man sie erledigen konnte, ohne Steuern und diesen ganzen Mist zu bezahlen, waren sie wenigstens sinnvoll. Sonst jedoch hatten sie überhaupt keinen Sinn.

Aber wie dem auch sei, Pentti, dieser Klempner, der nur schlecht schwedisch sprach, war gewiß ein hilfsbereiter und anständiger Mensch. Als Torsten der kalte Schweiß ausgebrochen war und er sich an sein strapaziertes Herz griff, hatte Pentti seine Klempnerarbeit unterbrochen und sich ein nasses Handtuch vor Nase und Mund gebunden, und mit einer aufgestöberten Zementschaufel hatte er ihm geholfen, den schlimmsten Dreck hinauszuschaffen. Die jungen Kerle, die immerzu in Elektrokarren den Proviant für die Charterpassagiere beförderten, hatten sich halb totgelacht über die beiden.

Diesmal würde es nicht ganz so *komisch* werden, sagte Pentti am Telefon. Es gehe darum, in einem zweistöckigen Altbau, der gerade saniert werde, Badezimmer und Waschräume zu kacheln.

Offenbar hatte jemand mit der Renovierung einer großen alten Villa begonnen. Nach Penttis Auskunft sollten zwei weitläufige Wohnungen mit großzügigen Badezimmern und Waschräumen entstehen. Im Obergeschoß lebte anscheinend noch jemand von den alten Bewohnern. Man wollte dem Mieter kündigen, doch der hatte das Wohnungsamt eingeschaltet. Es war also ziemlich unklar, wie die Geschichte ausgehen würde. Und zu allem Überfluß hatte es mit den Fliesenlegern Probleme gegeben.

Sie waren ganz einfach abgehauen und hatten alles halbfertig hinterlassen, was im Erdgeschoß zu machen war, Badezimmer und Waschraum und Sauna und die Waschküche im Keller. Vielleicht hatten sie was Besseres vor. Oder sie hatten sich mit dem Bauherrn angelegt, oder miteinander. Wer konnte das schon wissen. Heutzutage gab es so viele Herumtreiber, die von einem Tag auf den anderen kamen und gingen. Genaugenommen wußte man nicht einmal, ob sie von Berufs wegen Fliesenleger waren, diese verschwundenen Vorgänger.

Möglicherweise hatten sie sich immer mehr betrunken von dem Geld, das sie für Fliesenkleber, Spachtelmasse und anderes Material bekommen hatten, und zwar so, daß ihnen irgendwann Zange, Hammer und Spachtel aus den Händen fielen. Vielleicht war die Erklärung aber auch ein Bauherr, der dermaßen geizig oder schwierig war, daß man sich nicht mit ihm einigen konnte.

Pentti wußte nichts Genaues. Auf jeden Fall war klar, daß es sich nicht um Leute handelte, die sich vom Staat ein Energiedarlehen von dreißigtausend Kronen geben ließen, dann den Wärmeaustauscher draußen auf dem Hof im Herbstregen verrosten ließen und für das Installationsgeld nach Mallorca fuhren. Dergleichen hatte Pentti seinerzeit selbst erlebt, und zwar ganz aus der Nähe, bei einem Nachbarn in Graneberg.

Pentti war ein Typ, den man noch heute, im Jahre 1982, dabei antreffen konnte, wie er an Frühlingsabenden am Straßenrand frisches Gras für seine Stallhasen mähte und es in einem Sack auf dem Pakethalter nach Hause transportierte. Er war nicht direkt knauserig, hatte aber die Fähigkeit, sparsam zu haushalten. Pentti hatte nicht die geringste Sympathie für die Art von Menschen, die ein staatliches Energiedarlehen für eine Reise nach Mallorca benutzten.

Um solche Leute handelte es sich also nicht. Aber eines glaubte Pentti ihm versichern zu können: daß es auch keine Leute waren, die Quittungen verlangten und die Löhne beim Finanzamt angaben. Bestimmt nicht. Das verstand sich fast von selbst. Aber wer die Hausbesitzer waren und wer vor Ende November in die Erdgeschoßwohnung einziehen sollte – ja, das war nicht so leicht zu beantworten. Das müsse Torsten selber herausfinden. Und auch, wer ihn bezahle. Pentti war überhaupt der Meinung, man solle sich in diesem Leben nicht zu sehr mit den Einzelheiten aufhalten. Es galt, die großen Zusammenhänge zu sehen.

Pentti würde nicht dabei sein. Diesmal nicht. Er war sozusagen nur der Vermittler, ein Zuhälter, eine Alarmzentrale für Katastrophen, und das alles in einem Atemzug. Es war nämlich so gewesen, daß es, als der zweite Fliesenleger Ärger gemacht hatte, gleichzeitig Krach mit dem Klempner gegeben hatte. Daher hatte Pentti ein paar Tage für ihn einspringen müssen, nachdem der erste Klempner in seiner offiziellen Stellung beim Provinziallandtag Schelte und Beschwerden bekommen hatte, weil er immer öfter während der Arbeitszeit einschlief. Offenbar hatte er bis tief in die Nächte an dieser verdammten Villa gearbeitet. Schwer atmend und mit Schweißperlen auf dem gebeugten Rücken, auf dem sich vereinzelte weiße Haare abzeichneten, mühte sich Torsten mit einem stumpfen alten Bleistift ab, um – so gut es eben ging – die Adresse und den Weg dorthin auf einem vom Deckel des Telefonbuchs abgerissenen Fetzen zu notieren, bevor der gehetzte Finne den Hörer auflegte. Die üblichen Kopfschmerzen pochten bereits hinter den Schläfen, die nackte Glühbirne auf dem Nachttisch wollte sich in ihn hineinbohren – der Schirm war unters Bett gerollt, doch sich danach zu strecken, würde ihm noch größere Qualen bereiten. Nicht ganz gegen seine Gewohnheit hatte er abends, während er vor einem immer verschwommeneren Fernsehbild saß, eine Flasche Boxerbranntwein getrunken. Das rächte sich jetzt. Doch die Kopfschmerzen hätte er auch ohne Branntwein haben können.

In den letzten Jahren waren sie immer häufiger geworden; sie kamen plötzlich und weißglühend, manchmal, wenn er sich nach irgend etwas bückte, und manchmal morgens beim Aufwachen. Und sonderbarerweise verschwanden sie nicht selten genauso schnell, wie sie gekommen waren.

Wie es bis jetzt aussah, schien die Sache klar: Man hatte einen Fliesenleger dagehabt, aber mit dem war irgend etwas passiert, und jetzt hatte man die allergrößte Eile, die Kacheln an die Wände zu kriegen. Kacheln, die vermutlich draußen im herbstlichen Matsch des Hofes zwischen aufgeweichten Hartfaserplatten lagen und mit weichem Draht verschnürt waren. Warum überhaupt diese Eile? Ging es wirklich darum, so schnell einzuziehen? Vermutlich würde das Darlehen ohnehin nicht ausgezahlt, bevor der Bauinspektor kontrolliert hatte, ob seit der letzten Zahlung etwas geschehen war.

Und Torsten Bergman überlegte. Ein netter kleiner Job, der nicht viele Tage in Anspruch nahm, käme ihm ganz gelegen. Die Rechnungen auf dem Kühlschrank häuften sich. Nicht einmal die Fernsehgebühr und die Autoversicherung waren bezahlt.

Und Kacheln hatte er schließlich selber, falls es draußen

am Bau daran fehlen sollte. Kacheln lagen in Stapeln, wie Erinnerungen an seine Arbeit, wie seine gesammelten Arbeiten, könnte man sagen, hier und da herum. Klinker in verschiedenen Stärken im Garten, da sie die Winterkälte besser vertrugen, Kacheln im Keller.

In letzter Zeit ging er ungern hinunter, und nachdem dieses heidnisch frühe Telefongeklingel sich nun schon mal in seinen schmerzenden Kopf geschraubt hatte und ihn dazu überreden wollte, vielleicht zum letzten Mal einen Fliesenlegerjob anzunehmen, störte ihn am meisten daran der Gedanke, in den Keller hinabsteigen zu müssen.

Seit das jämmerliche Klo im Keller letzten Winter kaputtgefroren war, stand dort unten immer ziemlich viel Wasser, und es war gar nicht schön, die Hände in das eiskalte Wasser zu tauchen, wenn man das herausfischen wollte, was man brauchte. Es war immer derselbe Ärger, etwas von dort zu holen. Kacheln zum Beispiel.

Er hatte mit Sicherheit keinen Fuß hineingesetzt, seit das Klo kaputt war. Er zog es vor, die Tür geschlossen zu halten. Das einzige, woran er sich im Moment etwas konkreter erinnerte, war übrigens ein Holzkasten mit zehn Spezialkacheln, die wie Seifenschalen geformt waren. Mittlerweile war es verboten, sie in Badezimmern anzubringen, da ältere Leute sich daran verletzen könnten, wenn sie in der Badewanne ausrutschten. Man hatte ja heutzutage ein enormes Interesse an all den scheußlichen Unfällen, die den Menschen zustoßen konnten. Schade; die Seifenschalenkacheln waren so wunderbar anders als alles, was er sonst noch zu bieten hatte. Und keiner hatte sie haben wollen. Manchmal träumte er davon, wie es wäre, wenn er sie ganz dicht nebeneinander verlegte, mit regelmäßigen Zwischenräumen, an einer einzigen Wand.

Es würde aussehen wie der gezahnte Rücken eines besonders gefährlichen Meeresungeheuers oder Drachens. Aber solche Kunststücke erwartete man wohl kaum von ihm.

Finnische, ziemlich schwere, dezent einfarbige Kacheln vom Bauboom der sechziger Jahre. Er hatte eine ganze Lastwagenladung davon heimgebracht, irgendwann Anfang der Sechziger, und das Besondere an ihnen war, daß sie durch ihr Gewicht mit den Jahren immer tiefer in den feuchten Lehmboden des Kellers eingesunken waren. Er hätte sie mit einem Spaten ausgraben müssen, wenn er sie irgendwann gebraucht hätte. Doch das war jetzt nicht der Fall.

Er hatte wirklich massenhaft Kacheln in diesem Keller, wenn er sich nur trauen würde, hinabzusteigen und dem Kloakengeruch zum Trotz die Tür zu öffnen. Auch wenn er nicht immer genau wußte, was er wo suchen sollte. Die ältesten stammten aus Uppsala-Ekeby, aus den Dreißigern und aus späteren Jahren. Alle hatte er diskret geklaut, immer nur ein oder zwei Stück auf einmal im Proviantkasten auf dem Fahrrad. Und es waren wirklich schöne Kacheln. Er hatte seine Kacheln immer sehr gemocht.

Die ältesten davon waren mittlerweile so fein, daß sie von den besten italienischen Kachelfabriken in Florenz, Lucca und Vicenza nachgeahmt und für teures Geld importiert wurden. Warum feine Kacheln teuer importiert wurden, während die Räumlichkeiten der berühmten alten Kachelbrennerei jetzt nur noch als therapeutische Werkstätten für gefährdete Jugendliche und als Entzugskliniken für die Alkoholiker der Gegend dienten – ja, das konnte er nicht so recht verstehen.

Nach recht komplizierten Verhandlungen mit den Behörden war er wegen seines Magenleidens seit einigen

Jahren vorzeitig pensioniert und holte einmal im Monat seine Postanweisung auf dem Postamt am Rackarbacken ab. Dort hatte er in den gesegneten vierziger Jahren seine mageren Groschen hingetragen, um die Hypothek abzuzahlen. Damals war man glücklicher, pflegte er zu sagen, viel glücklicher als jemals zuvor oder danach. Oder war man als kleiner Junge vielleicht noch viel glücklicher gewesen?

Obwohl er nur fünfzehnhundert Meter von der Fabrik entfernt wohnte, die ihm und seiner Frau und den Jungen Brot gegeben hatte, hatte er seit Jahren keinen Fuß in die halb verlassenen Gebäude gesetzt. Es machte ihn melancholisch und befangen, wenn er nur in die Nähe kam und kleine Birken und Disteln zwischen den Schienen sprießen sah, auf denen einst bis zum Rand mit schwerem uppländischen Ton beladene Loren gefahren waren. Denn all das erinnerte ihn auf allgemeine und unbestimmte Art an eine Zeit, in der er noch mit Menschen Umgang gehabt hatte.

In dem noch kaum wahrnehmbaren Morgengrauen stützte er sich auf den Ellbogen. Das Tropfen aus den abtauenden morschen Apfelbäumen draußen im Garten löste bei ihm mit dämonischer Langsamkeit und Bedächtigkeit – als sollte er es richtig spüren – einen kalten Schauder aus, der von Rückenwirbel zu Rückenwirbel lief.

Alles war Welt, und nichts in dieser Welt war wirklich das Seine. So begann Torsten Bergmans Donnerstag.

Das Haus

Es war vielleicht weniger kalt, als er erwartet hatte, doch die Luft war feucht und klamm. Kaum hatte er die Nase zur Haustür hinausgesteckt, begann das Kopfweh nachzulassen. Es verschwand manchmal eigentümlich schnell, fast als hätte es jemand anderen gefunden, der es interessierte. Würde es nach seinem Ausflug wieder nach Hause finden?

Das nie zusammengerechte Herbstlaub im Garten bildete allmählich einen zusammenhängenden Teppich, und ihm entstieg ein bitterer Geruch von Brunst, Verfall und Tod. Jetzt war die Frage, ob sein alter Volvo 444 anspringen würde, den ihm sein Neffe im letzten Jahr gnädigst überlassen hatte. Er stand in den Laubhaufen, fast als wäre auch er ein Teil des Verfalls. Torsten hatte tatsächlich eine ganze Menge Laub wegscharren müssen, um die knarrende Tür aufzubekommen.

Ein scharfer Geruch nach verrotteten Polstern, zähem, ranzigen Maschinenöl und Mörtel quoll aus dem Inneren des Wagens, als sei es sein eigener schlechter Atem.

Hinten war ein Anhänger angekoppelt, aber Torsten kamen die größten Zweifel, ob seine Blinker und Bremslichter überhaupt je funktioniert hatten.

Torsten Bergman benutzte den Wagen ausschließlich dazu, Werkzeug und Material zu befördern. Im übrigen bevorzugte er das Fahrrad, was ihm in verschiedener Hinsicht mehr Freiheit ließ.

Die alte Decke, die auf der Motorhaube lag, war an einem solchen Morgen womöglich mehr zum Schaden als von Nutzen. Doch in der Feuchtigkeit unter diesem Himmelszelt tummelten sich immerhin einige Lebewesen: Tausendfüßler und Kakerlaken und alle möglichen Käfer und Kriechtiere von schwer bestimmbarer Art, wie sie nur Dunkelheit und Feuchtigkeit hervorbringen. Ohne Umstände warf er die Decke auf den Komposthaufen, versuchte mit dem Jackenärmel notdürftig die beschlagene Scheibe abzuwischen und ließ sich dann im Kellergeruch des Autos nieder. Weiß der Teufel, ob es anspringen würde. Er hatte nicht die geringste Ahnung, wann er es zum letztenmal gefahren hatte.

Zu seinem aufrichtigen Erstaunen kam der Wagen sofort in Gang; es war trotz allem ein anständiges und braves altes Auto. Eine eigentümlich weiße Rauchwolke von verbrannten Ventilkappen stieg aus dem Vergaser auf, und bald schien der ganze Garten hinter dem Wellblechzaun davon erfüllt, doch der Motor schnurrte wie eine Nähmaschine, und darauf kam es an.

Mit dem Anhänger durchs Zauntor zu kommen, war keine ganz einfache Angelegenheit. Die Einfahrt zum Hinterhof, die aus lehmigen Spuren bestand, war schmal, und jetzt im Herbst so verdammt rutschig, daß man mehr Glück als Verstand brauchte, um den Anhänger hindurchzumanövrieren, ohne daß sich eines der Räder im Wellblechzaun verfing. Und wenn man losfuhr, drang das Geräusch bis zu den Nachbarn am Kungsgärdesplatz. Dann hieß es, er sei so versoffen, daß er seinen Wagen selbst in nüchternem Zustand nicht mehr beherrschte. Und mit den Jahren war es ja tatsächlich immer kniffliger geworden, ihn auf die Straße hinauszusteuern. Nicht so sehr, weil Torsten trank, was er zweifellos manchmal auch tat, sondern weil er so verdammt schlecht sah. Die Augen hinter der alten Nickelbrille, die sich mit ihren Bügeln hinter seine großen, verfrorenen Ohren schlängelte, waren rotgerändert; sie waren ständig gereizt und tränten. Warum das so sein mußte, wußte er nicht genau.

Vielleicht sah er auch deshalb so schlecht, weil er die Brille mittlerweile nur noch selten putzte. Seit ihm die Frau gestorben war, hatte er selten ein Taschentuch einstecken. Und mit alten Zeitungen ging es nicht so gut.

Dieser Morgen fing insofern gut an, als die Klapperkiste sozusagen auf Anhieb in die richtige Spur kam. Jetzt stand sie in ihrer ganzen rostigen Pracht auf der Straße, versperrte den Weg und machte die ganze Kurve gefährlich. Mit dem Anhänger und allem Drum und Dran. Torsten hatte nämlich erst zu überlegen begonnen, als er herausgefahren war. Sollte er nicht wenigstens ein paar Werkzeuge mitnehmen? Kacheln aus dem nassen Keller zu holen, war vermutlich nutzlos. Und falls er sie je brauchen würde, würde es eine höllische Mühe machen, sie auf den Karren zu laden.

Aber das Ganze hatte ohnehin keinen Sinn, bevor er wußte, wieviel er brauchte und wozu sie dienen sollten. Es wäre besser, ein paar Hunderter als Vorschuß zu bekommen, um das eine oder andere zu besorgen und die Arbeit etwas systematischer anzupacken.

Aber Werkzeug? Irgendwas lag doch bestimmt noch seit dem letztenmal im Wagen. Es war nicht ganz leicht, sich zu erinnern, wieviele Wochen seitdem vergangen sein mochten. Aber er hatte eine deutliche Erinnerung daran, daß der Hammer in den letzten Tagen gefehlt hatte. Schließlich benutzte er statt dessen die flache Seite eines Schraubenschlüssels, aber das war nicht besonders praktisch. Weiß der Teufel, was er noch da unten im Keller hatte. Fatalerweise neigte er dazu, bei jedem neuen Job die Hälfte seines Werkzeugs zu verlieren. Und alles in ihm sträubte sich dagegen, in dem stehenden Wasser da unten herumzuwaten und zu suchen.

Schwerfällig durchforschte er sein mit den Jahren immer unzuverlässiger werdendes Gedächtnis. Im Kofferraum lag ein rostiger alter Tischlerhammer, das wußte er. Und der würde jedenfalls genügen, um schlampig verlegte oder beschädigte Kacheln zu entfernen. Wenn er erst einmal loslegte, bräuchte er auf jeden Fall Fliesenkleber und Fugenmasse, und dafür sollten sie ihm bitteschön vier, fünf Hunderter als Startkapital geben. Dann könnte er, mit ein bißchen gutem Willen, vielleicht auf dem Weg zum Baumarkt draußen in Boländerna dem Spirituosenladen am Luthagsesplanaden einen kleinen Mittagspausenbesuch abstatten. Und schon sah er seinen Tag in einem helleren und freieren Licht.

Es gab freilich noch das Risiko, daß sie nicht wußten, ob er kommen würde, und statt seiner jemand anderen bestellten. Deshalb hieß es jetzt aufzubrechen, und zwar möglichst unverzüglich. Nicht einmal ein Butterbrot hatte er dabei. Aber das würde sich wohl auf die eine oder andere Art regeln. Das einzige, was er in der Küche fand, war ein gutes, ordentliches Senkblei für die Fugen, und das rollte er rasch zusammen und steckte es in die Tasche. Ein paar frische Socken steckte er ebenfalls ein und, Donnerwetter, da war tatsächlich noch eine Apfelsine, selbst wenn sie auf der einen Seite etwas verschrumpelt war, nach dem langen Liegen auf der Anrichte.

Nach Luthagen war es nicht weit, und die Straße war gut. In dieser Gegend kannte er sich aus. Sein Vater hatte hier unten am Fluß sogar einen Schrebergarten gehabt.

Und er selbst hatte als kleiner Junge im Fluß Barsche geangelt, gleich oberhalb des alten Hallenbades, das nun schon lange abgerissen und durch etwas Neues ersetzt worden war. Was er sich aber nie genauer angesehen hatte.

Er mochte den Verkehr nicht besonders, und schon gar nicht die Streifenwagen und solches Teufelszeug, dem man heutzutage überall in den Straßen begegnete. Er machte extra einen Umweg, um die Svartbäcksgatan zu vermeiden, in der nicht selten ein Streifenwagen stand, der sich mit dreisten, brutalen Fragen nach Bremslicht und Inspektionsplakette und lauter solchem Quatsch, den diese Scheusale sich ausgedacht hatten, an ihn und seinen Karren hängte. Als er bei dem Haus ankam, war es immer noch ziemlich dunkel, und es gab keinen Zweifel, daß er das richtige Haus gefunden hatte, denn die Nummer stand groß und deutlich an der Frontseite zu lesen.

Es war größer, als er es sich vorgestellt hatte. Ein recht geräumiges verputztes Holzhaus, das früher bestimmt vier kleine Wohnungen enthalten hatte, und jetzt, nach der Sanierung, offenbar nur noch zwei. Dieser alte Stadtteil östlich des Flusses sollte nun offenbar feiner werden. Das Haus lag schön hinter einer dichten altmodischen Tannenhecke, und der neue gelbe Putz leuchtete. Die Fenster waren offenbar auch alle ausgewechselt worden, denn das Firmenschild des Lieferanten klebte noch an den Scheiben, und die Rahmen waren aus blankem Leichtmetall.

An sich war es keine Kunst, zwischen den Torpfosten durchzukommen. Aber drinnen, im Garten, dessen Rasen schlammig und zerfurcht war von all den Wagen, die hier in der letzten Zeit gewendet hatten, sah es nicht ganz so gepflegt aus.

Die massigen alten Apfelbäume hatten von nachlässig

manövrierten Lastwagen tiefe Wunden davongetragen, und von den Blumenbeeten war nicht mehr viel übrig. Sogar die Randsteine waren hier und da in die Erde hineingedrückt, und zwar ordentlich auf gleiche Höhe mit dem Lehmboden, als wären es Reißzwecken.

Es war ein richtige Rutschpartie, über das zerfurchte Gras zu fahren.

Zwei kleine Jungen auf Mopeds umkreisten die Bäume in sinnlosen Schleifen und gerieten genau vor Torstens Wagen. Torsten wäre um ein Haar mit dem zweiten zusammengestoßen, der noch nicht ganz wach wirkte. Es war unangenehm. Die erschrockenen Augen des Jungen starrten weiß ins matte Morgenlicht, weiß wie das Auge eines toten Fisches. Torsten zischte einen Fluch durchs Autofenster, und die Jungen verschwanden genauso schnell, wie sie aufgetaucht waren.

Torsten Bergman war ein sensibler Mensch; er hatte einen Sinn für Omen und Vorahnungen.

Er stieg mühsam aus, konstatierte, daß der Anhänger noch angekuppelt war, und ging mit entschlossenen Schritten auf das Haus zu. Die Eingangstür war nagelneu, aus schön lackiertem Eichenfurnier, das viel Geld gekostet haben mußte. Sie ließ sich ohne weiteres öffnen, und Torsten Bergman stand in einer frisch gestrichenen Eingangshalle mit dem angenehmen Geruch von Malerfarbe an Wänden und Decken. Eine hübsche Treppe, auch sie aus Eiche, verlor sich in der Dunkelheit des Obergeschosses.

Von dort schien der Laut von Stimmen zu kommen. Oder vielleicht waren es auch nur Stimmen von draußen. Das Haus war eine Mischung aus etwas sehr Modernem, man könnte sagen, von etwas noch nicht ganz vollendet

Modernem, und einem dunklen, alten Labyrinth. Hier unten war es ganz still.

Aber er hatte es immerhin gefunden. Er hatte einen Auftrag. Sicher würde bald jemand eintreffen und ihm erklären, was zu machen war. Und für ein paar Tage würde es Geld geben und eine ordentliche Arbeit. Und vielleicht ein paar nette Leute, mit denen man in den Kaffeepausen schwatzen konnte.

Schon war ihm viel leichter ums Herz.

Opus incertum

Torsten Bergman betrat das, was vermutlich sein Arbeitsplatz werden sollte. Das Ganze schien recht schön und anspruchsvoll geplant. Eine große Küche mit verschiedenen Arbeitsflächen und freistehenden Blöcken in der Mitte, mit Glasschränken und Elektrogeräten. Sie öffnete sich nach links.

Rechter Hand das Eßzimmer und das Wohnzimmer, Gipsplatten, sauber angebracht und mit Glasfasergewebe gedämmt, zwei Tapeziererböcke auf dem offenbar neu verlegten und mit Papier ausgelegten Fußboden. Vermutlich lagen dahinter noch weitere Räume, doch das war wegen des herrschenden Zwielichts schwer zu erkennen. Auf einem Stuhl standen eine Thermosflasche und eine halbleere Kaffeetasse. Anscheinend standen sie schon lange da, jedenfalls war der Kaffee kalt. Nein, nicht nur kalt, der Kaffee schmeckte tatsächlich nach Schimmel. Torsten Bergman spuckte die Kostprobe sorgfältig wieder aus.

Je weiter er vordrang, desto dunkler wurde es. Schon etwas schwieriger, sich zu bewegen. Vielleicht war eines der Fenster abgedeckt? Torsten fühlte sich zunehmend unsicher, da er hin und wieder an Türklinken stieß, die sich willig öffnen ließen, auf pechschwarze Zimmer zu. Wenn er es sich recht überlegte, war ein Teil der Fenster tatsächlich mit Pappe abgedeckt. Vermutlich zum Schutz, weil der Verputz der Fassade mit einer elegant antikisierenden Sprühfarbe abgetönt worden war, und zwar offensichtlich erst vor kurzem.

Aber der große Raum mit seinen hallenden Geräuschen und dem Geruch nach noch nicht ganz getrocknetem Fliesenkleber – wenn ihn die Nase nicht trog –, das mußte doch um Gottes willen das Badezimmer sein?

Oder war es eine Waschküche? Oder etwas völlig anderes? Ein Waschraum mußte es doch jedenfalls sein? Im Dunkeln war das nicht genau auszumachen. Hier war eine Holztür, und die mußte logischerweise in eine Sauna führen. Aber war dies wirklich eine Badewanne? Sie sah fast so groß aus wie ein kleineres Schwimmbecken, und hätte er nicht im letzten Moment aufgepaßt und einen Schritt zurück getan, wäre er hineingefallen. Mit unvorhersehbaren Konsequenzen. Weiß der Himmel, wie lange er womöglich dort gelegen hätte, auf dem Boden der Wanne, oder was es nun war, mit einem Oberschenkelhalsbruch.

Er hätte an Hunger und Durst sterben können. Schließlich wußte kein Mensch, daß er hier war. Kein Mensch außer vielleicht Pentti würde sich fragen, wo er geblieben wäre, und warum er nie bei dem Bau ankam, wo er ihm einen Auftrag verschafft hatte. Die Jungen auf dem Moped würden sich wohl kaum darum scheren, wer er war oder wohin er unterwegs war.

Wenn wirklich noch Leute im Obergeschoß wohnten, wie Pentti behauptet hatte, würden sie schließlich den Verwesungsgeruch bemerken. Falls keine anderen Arbeiter hierher kämen, natürlich. Aber es sah nicht so aus.

Fast instinktiv begann er die Kachelwand zu betasten. Es war nicht einfach, im Dunkeln zu erkennen, was für eine Sorte von Kacheln es war; jedenfalls keine, die er kannte. Es fühlte sich nicht besonders gut an. Es schien, als seien die Fugen ungleich hoch, und sogar, als sei die eine oder andere Kachel schief eingesetzt. Torsten tastete sich weiter, und das Mißtrauen gegenüber den Leuten, die hier vor ihm gearbeitet hatten, wuchs. Elektrische Schalter gab es hier und da, aber sie waren offenbar nicht ans Netz angeschlossen. Es half nichts, wie oft man sie auch hin und her kippte.

Vieles, dachte Torsten, könnte einfacher sein, wenn man wenigstens eine Handlampe hätte. Für wen er eigentlich arbeitete und was zu tun war, das war ihm im Moment ziemlich rätselhaft. Und auch, wo er Material und Werkzeug hernehmen sollte. Aber mit einer Handlampe könnte man sich wenigstens einen ersten Überblick über die Situation verschaffen.

Mit einiger Mühe fand er seinen Weg zurück in die gastlicheren Zimmer, die das graue Licht des Herbsttages einließen. Draußen regnete es Bindfäden. Selbst hier, im Eßzimmer und Wohnzimmer, war es so dämmrig, daß er über achtlos stehengelassene Eimer stolperte. Ein sinnlos herumliegender Lumpenhaufen wollte sich um seinen rechten Stiefel wickeln, und fast wäre eine Stehleiter auf ihn gefallen.

Plötzlich stand er wieder im Treppenhaus und betrachtete die immer noch elegante Tür. Jemand mußte irgendwo ein Schnäppchen gemacht haben. Heutzutage kostet eine solche Tür mehr als nur ein paar Tausender. Warum hatte man übrigens so viel Sorgfalt darauf verwandt, das Erdgeschoß des Hauses so großzügig zu gestalten, während im Obergeschoß alles beim alten geblieben war? Vom Treppenhaus aus konnte Torsten die Stelle erkennen, wo die neue, edel goldgelbe Treppenhausfarbe aufhörte und in ein altes Graublau mit tiefen Löchern und Schrammen im Verputz überging, die unachtsame Laufburschen oder sogar Mieter dort hinterlassen hatten.

Selbst das schöne Treppengeländer brach irgendwo ab. Ein merkwürdig halbfertiges Gebäude – das war wohl der vorherrschende Eindruck.

Gab es jemanden, der vorhatte, es irgendwann zu vollenden?

Aus dem Obergeschoß meinte er unscharf gedämpfte Geräusche zu hören. Es war schwer auszumachen, ob ein Fernseher lief, oder ob wirklich Leute miteinander redeten. Einen Augenblick meinte Torsten eine Kinderstimme zu hören, dann so etwas wie ein kurzes Musikstück, und schließlich wurden alle Geräusche wieder undeutlich. Vielleicht drang das alles doch von der Straße herein?

Da er nun schon mal im Treppenhaus war, konnte er nicht umhin, die Treppe hinaufzuschleichen und sich die Türen anzusehen. Sie waren schmutzigbraun. An der einen war kein Name, doch an der anderen stand tatsächlich einer.

Aber statt eines Namensschildes war mit einer etwas schiefsitzenden Reißzwecke nur ein Stück Pappe befestigt worden.

Sofie K. stand auf dem Pappschild. Was sind das für Menschen, fragte sich Torsten, die es nicht wagen, ihren Nachnamen auszuschreiben? Haben sie etwa Angst vor dem Gerichtsvollzieher? Oder sind es vielleicht irgendwelche Einwanderer, Flüchtlinge womöglich, die keine Aufenthaltsgenehmigung haben. Vielleicht gibt es hier in diesem unrenovierten Obergeschoß sogar ein Terroristennest. Vergeblich versuchte er sich zu erinnern, ob Pentti ihm irgendwas Besonderes über das Obergeschoß gesagt hatte, aber es fiel ihm nichts ein.

Konnte man hoffen, daß diese Leute im Besitz einer Handlampe wären? Hatten ganz gewöhnliche Leute zu Hause eine Handlampe? Ja, so etwas konnte man vorher nie wissen. Ihm kam in den Sinn, daß er gar nicht mehr so viele gewöhnliche Leute kannte. Irgendwie hatte er nach dem Tod seiner Frau mit den gewöhnlichen Leuten Schluß gemacht.

Torsten klingelte an der Tür. Die Klingel funktionierte tatsächlich. Drinnen blieb es still.

– Ja, guten Tag, sagte Torsten mit lauter Stimme zu der geschlossenen Tür. Ich bin der Fliesenleger und komme wegen der Kacheln im Erdgeschoß. Aber mit der Beleuchtung sieht es schlecht aus. Wissen Sie zufällig, ob es im Haus eine Handlampe gibt?

Keine Antwort. Redete er etwa mit einem Kind? Das Schweigen wurde langsam peinlich.

Torsten begann sich über die weniger angenehmen Aspekte der Situation Gedanken zu machen. Vielleicht riskierte er, daß man ihn als bösen Onkel mißverstand, der mit kleinen Mädchen anbandeln wollte, deren Eltern ausgegangen waren? Vielleicht stürzte in der nächsten Minute ein verrückter Gewalttäter mit erhobener Waffe heraus?

Hinter der Tür blieb es still wie zuvor. Wer Sofie K. auch sein mochte, ein besonders mitteilsamer Mensch war sie nicht.

Während er langsam und nachdenklich die Treppe hinunterschlenderte, horchte er, fast unfreiwillig, ob die Tür wider Erwarten doch noch neugierig geöffnet würde. Doch es war nicht möglich, ein solches Geräusch auszumachen.

In einer Mischung aus Verzweiflung und Gedankenverlorenheit ging Torsten hinaus auf den Hof. Er war noch genauso schlammig und zerfurcht, aber der Regen hatte nachgelassen. Sein Auto mit dem Anhänger stand an seinem Platz. Vom Besitzer und Auftraggeber auch hier keine Spur. Jenseits der Straße ratterte langsam ein Güterzug vorbei, unterwegs nach Gävle, oder vielleicht in das stille und harmlose Norrland. Es läßt sich nicht leugnen, daß er gern mitgefahren wäre. Ein feuchter Duft lag in der Luft, ein Duft von moderndem Laub, von dem trägen, gelben Fluß, der nicht weit entfernt dahinfloß, ein Duft, der ihm fast vorkam wie der feuchte Duft der Zeit selbst, wenn sie durch die Welt zog. Oder war es die Welt, die durch die Zeit zog?

Beschäftigt mit diesen Überlegungen, aber auch damit, an einen blattlosen Zierstrauch vor der Hauswand zu pinkeln, bemerkte Torsten Bergman den Schaltkasten, der in Kopfhöhe und direkt vor seiner Nase angebracht war. Die Tür stand halb offen. Wollte es das Glück, daß jemand ganz einfach den Hauptschalter abgestellt hatte? Aber wie käme dann Sofie K. im Obergeschoß zurecht? Hockte sie wirklich in der Dunkelheit da? Wer war sie überhaupt? Vielleicht eine schöne junge Mutter mit mehreren Kindern. Er stellte sie sich rothaarig vor und hochbusig, mit drei kleinen Kindern, die an ihrem Rockzipfel hingen. Vielleicht würde er mit der Zeit ihre Bekanntschaft machen?

Verträumt und kurzsichtig untersuchte er den Inhalt des Schaltkastens. Kein Wunder, daß es im Haus kein Licht gab! Alle vier großen Sechzehn-Ampere-Sicherungen waren verschwunden. Mit dem Knäuel von Kabeln und anderem Krimskrams kannte er sich nicht aus. Zwar hatte er an früheren Baustellen schon mit solchen Schaltkästen zu tun gehabt, aber wie man einen Stromkreis kurzschloß und dergleichen, davon verstand er nichts. Aber es wäre doch wohl kein Kunststück, ein paar Hauptsicherungen zu kaufen und sie einzuschrauben? Immerhin hatte er ein paar Zehner in der Westentasche. Entschlossen ging er auf den Volvo zu. Der Motor war noch warm und startete ohne Mucken. Den Anhänger ließ er vorsichtshalber angekuppelt. Der Regen fiel jetzt wieder dichter. Er mußte bis hinunter zum Svartbäcken fahren und in einer Seitenstraße am Fluß in zweiter Reihe parken, verhöhnt und beschimpft von der Besatzung eines Müllwagens, den er eine Viertelstunde aufgehalten hatte, während er im Elektrogeschäft nach den verdammten Sicherungen suchte. Er konterte, so gut es ging, aber an diesem Tag war er für eine Schimpferei nicht in Form. Es kam ihm alles ziemlich sonderbar vor. Jedenfalls hatte er die Sicherungen in der Tasche.

Und schon war es halb elf, fast Zeit für die Mittagspause. Verflixt, was hatte die Zeit doch für eine merkwürdige Fähigkeit, entweder zu schnell oder zu langsam zu vergehen.

Als er die Sicherungen einschraubte, langsam und bedächtig, Mütze und Mantel patschnaß vom Regen, dachte er, entweder es funktioniert jetzt, oder der Teufel soll die ganze Sache holen.

Aber es funktionierte! Es ward Licht! Das erste, was er bemerkte, war Licht in den Fenstern des Obergeschosses, wo diese merkwürdige Sofie K. hausen mußte. Und im Erdgeschoß wurden die Dinge plötzlich begreiflich; hier und da hing eine Glühlampe. Die Zimmer und ihr Zusammenhang wurden Torsten Bergman allmählich verständlich. Und natürlich sah alles jetzt etwas kleiner aus; ihm wurde klar, daß er im Kreis gegangen und immer im selben Zimmer herausgekommen war. Großartig war die Beleuchtung nicht, nackte Glühbirnen hier und da – aber es reichte, damit er zurechtkam.

Das Badezimmer war ziemlich groß und sozusagen in verschiedene Unterabteilungen gegliedert. Es war großzügig geplant. Und elegant. Die Badewanne in der Mitte und im Boden versenkt. Stinkvornehm. Mit einer richtig hübschen Sauna und einem kleinen Umkleideraum zur Linken. Und rechts lag das, was die Waschküche werden sollte, und auch sie sollte Kachelwände bekommen, wie es sich gehört. Der Fußboden schien jedenfalls sorgfältig verlegt, es waren solide Klinker der Marke Pertillä.

Torsten ließ die Hand an der Wand entlanggleiten, und was er nun entdeckte, überraschte ihn sehr. Man hätte meinen können, mehrere verschiedene Menschen, einige davon Fachleute, andere unglaubliche Pfuscher, hätten abwechselnd und ohne im geringsten Notiz voneinander zu nehmen in diesem Badezimmer gearbeitet. Die einzige Gemeinsamkeit war, daß sie offenbar alle über reichlich Material verfügt hatten.

An der Tür fing es gut an. Gut geklebt, saubere Fugen, und die schmalen Stücke entlang dem Türrahmen ganz vortrefflich eingepaßt. Hübsche finnische Kacheln, ganz solide, nichts daran auszusetzen. Und sogar eine blaue Abschlußborte hatte man sich geleistet.

Aber das Bizarre an dieser rückwärtigen Wandfläche, die Torsten nun im Licht der mit Farbe bekleckerten Glühbirne musterte, war, daß sie immer unspezifischer und ihrer eigenen Natur fremder wurde, je mehr er sich von der Tür entfernte. Erst wurden die Fugen immer ungleichmäßiger. Es war, als hätte derjenige, der diese Fliesen verlegt hatte, das Senkblei verloren, oder als hätte ihn eine merkwürdige Angst befallen, die Fugenmasse könnte ihm ausgehen. Dann begann ein Abschnitt, wo plötzlich schwarze Fugenmasse verwendet worden war statt der hellen. Welche die einzig passende war. Es machte einen eigentümlich rührenden Eindruck, denn die Veränderung kam nicht auf einmal, sondern schrittweise, als hätte man die helle immer mehr mit der dunklen Masse vermischt, weil die helle zu Ende ging. Hatten diese Leute wirklich gedacht, sie würden mit diesem Pfusch davonkommen?

Und weiter hinten, an der nur zur Hälfte fertiggestellten Kurzwand, wurde es plötzlich noch schlimmer. In der Mitte gesprungene Kacheln, und dann welche, die aus zwei, ja, manchmal drei Teilen notdürftig zusammengeflickt waren. Und wenn ein Teil fehlte, war er einfach durch Kleber ersetzt worden. Es sah ganz einfach schrecklich aus. Nicht einmal im kommunalen Wohnungsbau hätte man eine solche Arbeit akzeptiert.

Torsten schauderte es ein wenig. Er hatte den erschrekkenden Eindruck von einem Werk, das man mit den besten Absichten begonnen und dann, Gott weiß warum, in einer höchst grotesken und wirren Pfuscherei hatte versanden lassen.

Ihm war beklommen zumute. Das Sonderbare war nicht nur, daß der Vorgänger offenbar die Lust verloren hatte (daß er sich im Lauf der Arbeit langsam aber sicher betrunken hatte, war natürlich eine nicht ganz abwegige Theorie), sondern daß derjenige (oder diejenigen) anscheinend keine Ahnung hatten, wie sehr die eigene Arbeit sich in ihrem Verlauf verändert hatte und mißraten war. Und es kam ihm in den Sinn, daß so manches Leben nicht selten genauso aussah. Oder sah in Wirklichkeit jedes Leben so aus, wenn man die Handlampe hob und es gründlich genug musterte? Gab es ein Leben, von dem man sagen konnte, es würde besser, je mehr Zeit verging? Nahmen nicht vielmehr die schlechten Gewohnheiten zu, wurden nicht die Kompromisse immer fauler, die Inkonsequenzen immer größer? War es nicht, kurz gesagt, immer eine langsame Reise von einer kleinen Ordnung in eine immer größere Unordnung, die in diesem Leben stattfand?

Falls hier nun ein und derselbe Mensch am Werk gewesen war. Aber wenn es mehrere waren, dann mußte es doch wohl so sein, daß sie in eine Schlägerei geraten waren? Oder wäre es denkbar, daß sie einander abgelöst hatten, als der Bauherr gewechselt und mit seinen Fliesenlegern Krach bekommen hatte?

Torsten schüttelte diese Gedanken ab, so schnell er konnte. Hier mußte etwas geschehen. Eigentlich war es keine Frage, was zu tun war. Man mußte einfach den ganzen Mist herunterreißen und an der Stelle wieder von vorn anfangen, wo alles schiefgegangen war. (Ob man nun erkennen konnte, *wo* alles angefangen hatte, war natürlich eine andere Sache.) Kacheln gab es in ordentlichen, drahtverschnürten Stapeln hinten in der Ecke mehr als genug. Sie müßten – das sagte ihm sein Augenmaß – fast für das ganze Bad reichen. Auf jeden Fall jedoch reichten sie, um heute und morgen zu arbeiten. Fliesenkleber und Fugenmassen ließen sich rasch beschaffen. Wenn er nur den Bauherrn erwischte.

Daß dieser Bauherr noch nicht aufgetaucht war, um zu erklären, wie er es haben wollte, machte ihm natürlich einen Strich durch die Rechnung. Hätte er ihm doch wenigstens jemand anders geschickt, seinen Polier oder sonstwen. Nun mußte er einfach aufs Geratewohl loslegen und sein Bestes tun.

Man weiß ja selten genau, was andere von einem erwarten.

Aber schließlich wußte Torsten aus Erfahrung, daß es solche Leute meist nicht eilig hatten. Einmal hatte es eine ganze Woche gedauert, bis der Arbeitgeber aufgetaucht war. Damals war es jedoch um ein Büro in der Vaksalagatan gegangen, und der Auftrag war einfacher gewesen. War es möglich, daß der Bauherr, oder jemand, der Bescheid wußte, hereingeschaut hatte, während er unterwegs gewesen war, um die Sicherungen zu kaufen?

Andererseits war der Stand der Dinge hier ziemlich klar. Zunächst waren ein paar Quadratmeter völlig mißlungenen, verpfuschten und insgesamt lächerlichen Flickwerks mit dem Hammer abzuschlagen. Und dann mußte man den Kleber, der an der Wand haftengeblieben war, abmeißeln.

Es war in jedem Fall schlimmer, die Arbeit von jemand anders zu übernehmen und neu anzufangen. Aber das ist, hol's der Teufel, was einem immerzu passiert, wenn man so arbeitet, im Verborgenen, *hineingeworfen in die Grauzone der illegalen Arbeit,* dachte er und genoß das Hochdramatische seiner eigenen Formulierung.

Dort einspringen, wo andere gekniffen und gepfuscht hatten. Das übernehmen, was sie nicht fertiggestellt hatten, bevor sie zum nächsten Bau wechselten.

Oder, wie meine Vorgänger – wer immer sie auch gewesen sein mögen –, gegen Nachmittag rausgeworfen wurden, weil sie entweder zu betrunken waren oder nicht mehr gut genug sahen, um das Ganze zu Ende zu bringen.

Der Hammer lag an seinem Platz, im Werkzeugkasten. Einen richtigen Kreuzmeißel zu finden war nicht ganz so einfach, aber einen gediegenen alten Schraubenschlüssel gab es immerhin.

Jetzt hieß es also die Ärmel hochkrempeln. Die verpfuschten Kacheln zerbarsten, daß Torsten die Splitter nur so um die Ohren flogen, aber das war er gewöhnt. Die alte Brille hatte er zum Glück schon in die Brusttasche der Lederjacke gesteckt. Es staubte frisch oder vielmehr ungesund um ihn herum, aber auch das war ihm nicht neu. Es tat gut, dieses Ärgernis Stück für Stück verschwinden zu sehen und darunter eine rauhe Mauerfläche freizulegen, an der sich kein Pfuschwerk mehr befand. Nur die Spuren seiner energischen Meißelschläge.

Es tat doch gut zu sehen, daß es voranging.

Hypothesen über Sofie K.

Wenn ich noch ungefähr einen Quadratmeter abgeschlagen habe, sagte sich Torsten mit überraschender Entschlossenheit, werde ich bei dieser Sofie K. da oben hereinschauen und ihr klarzumachen versuchen, daß ich nicht gefährlich bin. Im Gegenteil, ich bin ein warmherziger, freundlicher Mann, dessen Bekanntschaft zu machen für sie eine Freude wäre.

Zu unserem gegenseitigen Vergnügen werden wir an ihrem Küchentisch sitzen, sie wird mir eine Tasse Kaffee und ein paar Butterbrote anbieten. (Eins mit Käse und eins mit Leberpastete und Gurkenscheiben.)

Sofie wäre wohl so um die dreißig, eine schöne Frau, aber vielleicht ein bißchen mollig, in einem blauen Arbeitskittel. Man könnte nicht erraten, was sie unter dem Kittel trüge.

Sofie wäre eine junge Malerin; ihre Staffelei und ihre Wie-zum-Teufel-das-nun-heißt mit den Farben drauf würde man durch die Küchentür sehen. Mehrere von ihren Gemälden (sehr schwer zu verstehen, aber in starken, leuchtenden Farben) würden da drinnen an den Wänden hängen, und ihr Bett wäre zerwühlt.

Sofie würde erzählen, sie wohne nur vorübergehend hier (sie habe nämlich eine aufreibende Scheidung hinter sich), und sie könne so lange in dieser Wohnung bleiben, bis man auch das Obergeschoß renoviere. Den Bauherrn kenne sie flüchtig. Ja, der Bauherr sei ganz in Ordnung. Er sei Baumeister und Bauherr zugleich. Er machte öfter solche Geschäfte; renovieren und wieder verkaufen und damit dickes Geld verdienen. (Das heißt: dickes Geld nur dann, wenn sich die Steuer umgehen ließ, versteht sich.) Aber darin sei er offenbar gut. Freitag nachmittags komme er gewöhnlich in seinem BMW angefahren, um nach dem Rechten zu sehen. Ja, sie wolle nicht leugnen, daß er sie manchmal zum Essen ausführe, bei solchen Gelegenheiten. Aber daraus dürfe Torsten keine voreiligen Schlüsse ziehen, würde sie rasch hinzufügen und entschlossen die Beine übereinanderschlagen, damit Torsten ihr nicht unter den Rock schauen könne. (Ob die Butterbrote schmeckten? Vielleicht noch eins gefällig?)

Nein, der Baumeister sei schon in Ordnung. Er habe nur das Pech, daß es so schwierig sei, für die Renovierungsarbeiten gute Leute zu finden. In letzter Zeit sei hier ein einziges Kommen und Gehen gewesen. Das eine Fliesenlegerteam habe angefangen, wo das andere aufgehört habe, und einer sei unfähiger gewesen als der andere. Leute, die von ihrer Arbeit offenbar nicht das geringste verstanden und sich für das Geld, das sie für Material bekommen hätten, Branntwein kauften. Besoffen hätten sie sich, bevor die Arbeit auch nur eines halben Tages getan gewesen sei.

Es sei wirklich schön zu sehen, daß endlich ein vernünftiger Mensch gekommen sei, der es fertigbringe, die Arbeit ordentlich auszuführen. Dies sage sie mit Rücksicht auf den Baumeister, den armen Hasse aus Tierp. Ihr selbst sei es eigentlich nur recht, wenn es langsam voranginge. Schließlich wisse sie gar nicht wohin, wenn die Renovierung das Obergeschoß erreiche.

Torsten würde dann seinerseits sein Haus am Kungsgärdesplan beschreiben (dessen Größe und andere Vorzüge er ein wenig übertreiben würde). Ja, es sei ein gutes Haus.

Aber es bedürfe ebenfalls der Renovierung. Das sei eben das Problem, daß ein hart arbeitender Handwerker nie Zeit für seine eigenen Dinge finde. Die kämen immer ganz zuletzt dran. Nun ja, es sei jedenfalls noch dies und jenes zu richten. Und das werde auch bald geschehen. Es sei in der letzten Zeit eben so viel passiert. Ja. Viel. Probleme unterschiedlichster Art.

Als Witwer habe man eben nicht viel Zeit zur Verfügung. Oder vielleicht gerade doch.

Sofie K., eine überraschend schöne Rothaarige im schwarzen Samtkostüm, öffnete Torsten Bergman die Tür.

Sie musterte ihn von Kopf bis Fuß. Torsten wurde bewußt, daß sein Blaumann bestimmt von oben bis unten mit Kachelstaub bedeckt war. Er schaute hinunter auf seine an den Knien völlig ausgebeulte Hose. Es sah einfach schrecklich aus. Sofie K. wirkte sehr bleich. Sie hatte große blaue, etwas erschrockene Augen und einen entschlossenen Zug um die Mundwinkel.

– Was wollen denn Sie? Sie sind wohl ein Neuer. Warum hat man jetzt Sie geschickt? Sie sind doch nicht derselbe wie sonst.

– Was meinen Sie mit *derselbe wie sonst*?

– Naja, der, den diese Scheißbauherren gewöhnlich hierherschicken, damit er Krach macht und mich stört und mich zum Ausziehen bringt.

– Was für *Scheißbauherren*?

– Diese verdammten Bauherren aus Stockholm.

– Die kenne ich nicht.

– Aber das müssen Sie. Es sind schließlich Ihre Arbeitgeber. Machen Sie mir nichts vor. Die haben Sie doch hergeschickt, oder?

– Ehrlich gesagt weiß ich überhaupt nicht, für wen ich arbeite. Ein Kumpel hat mich angerufen und gesagt, es hätte Ärger gegeben bei einem Bau und ich soll einspringen. Was ist denn an diesem Haus so Besonderes?

– Sie wollen mir doch nicht weismachen, daß Sie nicht wissen, was hier gespielt wird? Das sind Drogenhaie, und zwar jeder einzelne. Und dann waschen sie ihr Geld mit solchen Immobilien. Die sie ein bißchen renovieren und dann halb fertig weiterverkaufen.

– Nein. Das habe ich wirklich nicht gewußt.

(War der Argwohn in ihren Augen ein Zeichen dafür, daß sie verrückt war? Vielleicht hatte er es mit einer Verrückten zu tun. Verrückt oder nicht, jedenfalls war sie auf ihre Art verdammt attraktiv. Hatten verrückte Frauen nicht eine besondere Anziehungskraft? Und hieß es nicht, sie seien zu *allem* imstande? Diese Frau war dazu imstande, alles Erdenkliche zu tun. Ihm eine Flasche ins Gesicht zu schmeißen oder ihn in die Wohnung zu schleifen und auf das zerwühlte Bett zu werfen, ihm ihre scharfen Nägel in den Rücken zu bohren. Gott weiß, wozu sie ihn zwingen konnte.)

Sofie K. musterte ihn, wie es schien, noch aufmerksamer.

– Ich fange an, Ihnen zu glauben, sagte sie sehr langsam und entschieden. Sie können nicht wissen, mit wem Sie es zu tun haben. Und das schließe ich aus einer einfachen Tatsache. Sie haben keine Ahnung, was die mit Ihnen machen würden, wenn sie entdeckten, daß Sie mit mir verkehren. Angenommen, sie würden uns hier im Bett finden, der Baumeister würde uns am hellichten Nachmittag beim Vögeln in diesem Bett erwischen – wozu Sie nicht übel Lust hätten, glaube ich, nicht wahr?

– Ich weiß nicht recht, dachte Torsten, würde er antworten, und zwar etwas stotternd.

– Ich glaube ehrlich gesagt nicht, daß einer von uns das überleben würde, sagte Sofie K. *Keiner von uns.* Die sind gefährlich, das müssen Sie sich klarmachen. Sehr gefährlich. Und sie können jeden Moment dasein. Das müssen Sie sich auch klarmachen. Jeden Moment. Einfach hier im Hof mit ihrem großen BMW vorfahren. Es ist selten zu hören, wenn der Baumeister und seine Freunde kommen. Sie sind sehr leise auf der Treppe. Das gehört sozusagen zu ihren Gewohnheiten.

– Ich pfeife auf diese Typen, sagte Torsten und tat einen kühnen Schritt ins Zimmer hinein. Ich bin schon Manns genug, mich um dich zu kümmern, mein Mädchen, und um diese Kerle.

Diese Vorstellung brachte ihn dazu, mit immer härteren Schlägen und klopfendem Herzen auf die Kachelwand einzuhämmern.

Die Person, die nun kam, um die Tür zu öffnen, bewegte sich offenbar mit langsamen, ja, schlurfenden Schritten. Torsten wunderte sich überhaupt nicht, als eine alte, weißhaarige Frau, die so alt war, daß sie von den Jahren geschrumpft schien, zögernd die Tür öffnete. Mit den Augen war es offenbar auch nicht mehr so weit her.

– Sie wünschen? sagte sie, als sei sie nicht im geringsten erstaunt über sein Klopfen.

– Sind Sie Sofie K.? fragte Torsten.

– Ja, das sehen Sie doch.

– Warum schreiben Sie Ihren Nachnamen nicht aus?

– Ach, wissen Sie, das ist eine ziemlich lange Geschichte. Wenn ich Sie Ihnen erzählen würde, kämen Sie heute wohl kaum mehr zum Arbeiten. Möchten Sie nicht hereinkommen? Zufällig habe ich gerade den Kaffeekessel aufgesetzt. Sie müssen wissen, daß ich um diese Zeit immer ein Täßchen Kaffee trinke.

Ein angenehmer Duft nach Kaffee auf dem Herd, nach der kleinen Wohnung einer alten Frau mit Pelargonien an den Fenstern und einer friedlich schlafenden Katze in der Sofaecke. Bestickter Wandbehang an der Küchenwand. Nein, diese Frau wirkte nicht im geringsten erstaunt.

– Sie wollen sich eine Handlampe ausborgen? Aber sehen Sie, so etwas habe ich nicht. Mein Mann hatte einen Haufen solcher Dinge, aber als er verschwand, habe ich das meiste weggegeben. Verschenkt, ja. Ich hätte natürlich alles verkaufen können, aber ich habe es einfach verschenkt. Für nichts.

Sie betrachtete ihn mit uralten, aber sehr wachen Augen.

– Ja, du bist also Torsten Bergman.

– Woher können Sie das wissen?

– Das ist doch keine Kunst. Ich habe dich schließlich als kleinen Jungen in Hallsta gesehen. Als du bei deinem Onkel gewohnt hast, dem mit der Klempnerei. Erkennst du mich wirklich nicht?

Und in diesem Augenblick würde Torsten das Gesicht der Alten gründlich mustern; die tiefen Krähenfüße unter den Augen, die von Leberflecken übersäte Nase, die schmalen, trockenen Lippen.

Langsam würde ihm ein Licht aufgehen.

– Aber bist du nicht Tante Sofie? Tante Sofie Karlsson von der Telefonzentrale?

– Freilich bin ich das. Wie nett, daß du dich an mich erinnerst. Weißt du noch, wie du Lisa und mich mal in der

Telefonzentrale photographiert hast? Du warst so tüchtig mit der Kamera damals. Erinnerst du dich, was für ein eifriger Photograph du warst?

Natürlich erinnerte sich Torsten. Besser als sonst, wie ihm schien. Das Haus des Klempners unter den großen Ulmen, der Hinterhof, auf dem die Hunde spielten, Buster und Pan, und wie er an freien Nachmittagen mit ihnen im Gras herumtollte, während seine Mutter in der Bank putzte. Die seltsamen Geräusche aus der Klempnerei, in die er keinen Fuß setzen durfte, weil sein strenger Onkel es ihm verboten hatte. Und wie er an den Sommerabenden zusammen mit den Lehrlingen auf dem Kiesweg vor der Werkstatt Weitsprung übte (es war der Sommer der Olympischen Spiele), stundenlang, wie ihm schien, ohne daß einer von ihnen müde wurde oder aufgab. Und wie sie damals Wettläufe und Ringkämpfe machten.

Im übrigen war Torsten als Sechzehnjähriger vor allem ein ernsthafter kleiner Mann. Er ging mittwochs zum Englischkurs und richtete sich auf dem Speicher des Klempners seine eigene Dunkelkammer ein. Solange die Zeiten gut waren und die Arbeiter in Strands Laden an der Vorderseite des Klempnerhauses tüchtig einkauften, konnte er es sich leisten, sich ein bißchen mit dem Entwickeln zu beschäftigen und Abzüge von seinen Platten zu machen. Manchmal nahm er auch Bestellungen für Photos an. Von den Freunden seiner Mama im Missionshaus.

All das wußte Tante Sofie natürlich. Denk mal an, daß sie noch am Leben war! Mit Topfblumen an den Fenstern, genau wie früher, und dem Kaffeeduft und der Katze. Er würde die Hand vorsichtig ausstrecken, wie er da mit seiner Kaffeetasse und seinem Käsebrot saß, und der Katze einen Krümel von dem Butterbrot hinstrecken. Und er würde sich genauso fühlen wie als kleiner Junge. Wie sonderbar weit hatte er sich von dieser Welt entfernt, in der er noch ein ernsthafter kleiner Mann war, der morgens Zeitungen austrug und nachmittags in Strands Laden arbeitete und Photograph werden wollte, genau wie Nilson unten in Sörstafors.

Aber jetzt machte ihm dieser verflixte Magen wieder zu schaffen. Auch das war ihm seit dem Jungenalter vertraut. Bloß daß es wohl schlimmer geworden war mit den Jahren – das war nicht zu leugnen.

Torsten Bergman hatte eigentlich noch nie ein richtig gutes Verhältnis zu seinem Magen gehabt.

Er erinnerte sich noch genau daran, wie weh es im Alter zwischen zwölf und fünfzehn Jahren tun konnte, wenn er zur Schule mußte. Und mit sechzehn wurde es noch schlimmer, an kalten Wintermorgen, wenn er hinausmußte in die Schneewehen, um vor dem Laden Schnee zu schippen, dann sein Fahrrad im Ständer freizuschaufeln, und ab zum Bahnhof, um die Morgenzeitungen zu holen.

Das war kein Zuckerlecken. Im Winter frühmorgens um fünf zum Bahnhof radeln. Er fuhr damals auf dem großen alten Damenfahrrad seiner Mutter Zeitungen aus. Die Zeitungsjungen standen gewöhnlich als frierender, zitternder Haufen auf dem Bahnsteig und warteten auf den Morgenzug aus Västerås. An die Wärme des Wartesaals war nicht zu denken. Er war um diese Zeit noch nicht geöffnet.

Manchmal hatte er das Gefühl, er habe sein ganzes Leben lang dagestanden und darauf gewartet, in einen wärmeren Raum eingelassen zu werden. Der sich ihm nie so recht habe öffnen wollen.

Es hatte interessante Dinge gegeben und langweilige.

Da war der Laden mit den beiden strengen Fräulein Molander, den Besitzerinnen. Jeden Morgen sollte davor Schnee geschippt werden, damit, wie es hieß, »die Leute sich nicht die Beine brechen«. Nach den heftigen Februarstürmen mußte er sich mit dem Schneeschippen oft ganz schön abrackern. Am schlimmsten war der Winter 1933, als er sechzehn Jahre alt war. Ab sechs Uhr morgens Schnee schippen und abends im Hof der Klempnerei Holz hacken, bis er ins Bett fiel.

Der Laden war entweder ziemlich voll – wenn in der Bolzenfabrik Zahltag war und alle Hausfrauen hereinströmten, um die Speisekammer mit amerikanischem Speck und Fettheringen und Mehltüten aufzufüllen – oder auch tagelang eigentümlich halbleer. Dann zogen sich die Schwestern Molander säuerlich in den kleinen Hinterraum zurück, *das Kontor,* wie sie es nannten, und schimpften leise miteinander.

Zwar gab es Unterbrechungen und plötzliche Inspektionen und Ideen, das eine oder andere sei aufzuräumen oder zu säubern (Warum hat Torsten die Theke nicht abgewischt?), aber es blieb stets Zeit genug für interessante Beschäftigungen. Rundfunkempfänger und Kameras. Das heißt, über Rundfunkempfänger konnte man in der Zeitschrift »Wissenschaft und Leben« nachlesen, die in der Bibliothek zu entleihen war. Wenn man Radio hören wollte, mußte es der elegante kleine Empfänger daheim bei Pastor Fors sein. Ein phantastisches Gefühl, Musik und Stimmen aus Übersee zu hören! Gespenstisch, als existierte dort drüben irgendwo eine Geisterwelt. Aber leicht zu erklären, wenn man sich hinsetzte und darüber nachlas. Über Radiowellen und Modulation und die seltsame

Fähigkeit der Kurzwellen, an den allerhöchsten Luftschichten der Atmosphäre abzuprallen, um an den überraschendsten Stellen auf der Erde wieder anzukommen. Und diese interessante Sache mit der Nadel am Kristall, die einen elektrischen Strom in eine einzige Richtung lenkte. (Wenn dies die Erklärung war, die »Wissenschaft und Leben« bot.) An Tagen mit den günstigsten Bedingungen hörte man aus dem Apparat Deutsch und Englisch. Und nicht selten den Sender Kalundborg in Dänemark.

Das Radio bildete sozusagen ein Gegengewicht zu diesem Geistigen, mit dem die Mama sich beschäftigte, die Evangelische Vaterlandsstiftung und Erweckungsversammlungen und Paketversteigerungen für die Mission. Auch Torsten pflegte Kontakte zu einer anderen Welt, jedoch sozusagen auf modernere, wissenschaftlichere Art. (Doch wenn man gut zehn Minuten lang Bratislava durch das Ionosphärenfading des Winterabends hörte, konnte man sich ja fragen, wer es mit dem Übernatürlicheren zu tun hatte.) Das Übernatürliche der Mama und ihr unbegreiflicher Jesus waren jedenfalls stets von einem leichten Kaffeeduft umschwebt. Sein eigenes höheres Leben schwebte ganz für sich allein in der unsichtbaren Winterluft.

Mit dem Blick durch die Kamera verhielt es sich genau umgekehrt. Dadurch erweiterte sich das sichtbare Umfeld. Die Mama war gleichermaßen gegen beides. Sie verabscheute Kameras wie Kristallempfänger. Denn das hieß, sauer verdientes Geld für unnütze Dinge verpulvern. (Ach, er war damals ein überzeugter Abstinenzler, allerdings vorwiegend aus mangelnder Kenntnis dessen, worum es ging. Hätte sie ihn heute gesehen, sie hätte über anderes zu klagen. Doch die Mama war in den vierziger

Jahren gestorben.) Aber im Grunde genommen ging es wohl weniger ums Geld als darum, daß sie eine Art unerwarteter Konkurrenz im Geistigen bekommen hatte.

Die erste Kamera war ein Kasten mit einem Loch darin, er hatte sie selbst konstruiert, die zweite eine Box von Zeiss. Zu photographieren gab es nichts oder soviel wie man wollte; die nackte, winterlich leere Straße mit ihren Schneewehen, die kahlen Ahornbäume am Knektbacken (mit den Überresten des verwehten Drachens), das elegante neue Post- und Telegrafenamt. Das eigentlich Interessante und Wichtige war nicht, welche Bilder man machte. Auf die Entwicklung kam es an.

Im Schein der roten Lampe oben auf dem Speicher, beim stillen Rieseln der aufgehängten Gießkanne, wenn gerade die allerersten Schatten im Entwicklerbad hervortraten, konnte er etwas empfinden, was wohl Glück war. Der Übergang von Licht und vagen Schatten zum Bild geschah so sacht und stufenlos wie das Wachsen der Pflanzen. Es war sonderbar, daß die Welt sich manchmal auch so verhielt. Auf eine Art, die nicht leicht in Worte zu fassen war, erinnerte ihn das an ihn selbst.

Wo mochten sich diese vergilbten alten Photos auf billigem Papier jetzt befinden? Vielleicht am Boden einer Kiste auf seinem eigenen Speicher? Dort hatte sich so vieles im Lauf der Jahre angesammelt, vorläufig weggeräumt, aber dann nie mehr geöffnet.

Die Vorstellung von der Schwärze, die im Entwicklerbad langsam hervortrat, hatte etwas zu tun mit jenen Tagen, dem Jungenalter also, wenn man langsam von einer Erkältung genas. Das erste, ungewohnte Gefühl, kein Fieber mehr zu haben, das etwas Matte und Ungefähre, das die Welt sich an solchen Tagen zulegte.

Als kleiner Junge kränkelte Torsten viel herum. Es fing praktisch damit an, daß er als Zweijähriger die Spanische Grippe bekam. Aus irgendeinem unbegreiflichen Grund brachte sie ihn nicht um, und dann ging es in diesem Stil immer so weiter, fast bis in die Pubertät hinein, als sein Körper – genauso überraschend für ihn selbst wie für die Mitschüler, die immer noch meinten, er sei leicht zu verprügeln – allmählich fest, zäh und ausdauernd wurde. Doch all diese Tage, wenn er im Fieber lag und zur braunen Tapete aufschaute, wenn die Stunden sich mit den Schatten vor dem Fenster dahinschleppten, all diese Schmerzen in Mandeln und Bronchien, all diese komischen Ausschläge und Blemmen: wozu sollten die eigentlich gut sein? Das bißchen Schulbildung, das er mitbekommen hatte, war von all diesen Krankheitstagen beeinträchtigt, sie hatten seinem Selbstvertrauen geschadet, da er auf dem Schulhof meistens so matt und schwach war, daß ihn selbst Kinder aus unteren Klassen verhauen konnten. Zugleich aber hatte er dadurch ein geheimes Leben bekommen, eines, das nur ihm gehörte.

Wie hätte er es überhaupt ausgehalten ohne sein anderes, sein geheimes Leben?

Mittagspause

Das Geräusch eines erneuten, heftigen Regenschauers schloß die Pforten der Phantasie und brachte ihn zurück in ein Vakuum. Er hörte abrupt auf zu arbeiten, mitten in einem Hammerschlag.

Zu allem Überfluß tat ihm der Magen wieder weh.

Die Kachelscherben, mittlerweile ein ganzer Haufen, knirschten unter seinen Füßen, als er zusammengekrümmt von diesem plötzlichen Anfall von Magenschmerzen, ins Treppenhaus hinausging. Er lauschte hinauf zum Obergeschoß, doch herrschte dort jetzt wieder Stille. Vielleicht war es nur der Wind, der die Tür zugeschlagen hatte? Oder die Abdeckpappe vor einem der Fenster, die sich in den starken Windböen losgerissen hatte.

Und was das Pappschild an der Tür betraf, war das nicht womöglich eine alte Geschichte? Wer weiß, wann Sofie K. ausgezogen war? Vielleicht schon vor Jahren?

Er stakste zur Haustür und öffnete sie. Draußen war es ganz still. Nur der Wind in den Bäumen und ein Auto, das auf der Straße vorüberfuhr.

Sollte er lieber wieder die Treppe hinaufgehen, um Sofie K. aufzusuchen? Er meinte ihr Leben jetzt etwas besser zu kennen.

Aber die Magenschmerzen waren kaum auszuhalten. Vielleicht war es das beste, eine Kleinigkeit zu essen. Genaugenommen würde es nach einer Stunde Arbeit nichts mehr zu tun geben. Was von der Wand herunter mußte, wäre bis dahin erledigt. Falls kein Repräsentant des Bauunternehmens auftauchte, würde er ohne Beschäftigung dastehen, es sei denn, er würde auf die eine oder andere Art Kleber und Fugenmaterial beschaffen. Und eine Maurerkelle. Und ein Senkblei? Hatte er eins eingesteckt, oder hatte er das nur geträumt?

Er hatte wirklich keine Ahnung, wer da oben hausen mochte. Was waren das für Menschen, die hinter der Tür hocken blieben und nicht Rede und Antwort standen? Vielleicht jemand, der sich unerlaubt dort oben herumtrieb und nicht das geringste mit dem Haus zu tun hatte? Ein paar Jungen, die nur darauf warteten, daß er endlich verschwand, damit sie weiter Sachen aus dem Erdgeschoß klauen konnten? Hier unten stand ja alles völlig unbewacht herum. Oder vielleicht – noch schlimmer – Drogensüchtige und Gewalttäter? Plötzlich war es ihm unangenehm, daß er hier war. Die letzte Stunde hatte er tüchtig drauflosgearbeitet und sich dadurch warm gehalten – jetzt aber merkte er, daß das Haus gar nicht geheizt war.

Ohne jede Vorwarnung fühlte sich Torsten etwas schwindlig. Auf unsicheren Beinen kehrte er ins Bad zurück und spritzte sich über dem Waschbecken kaltes Wasser ins Gesicht. Gleich fühlte er sich etwas besser. Zum erstenmal bemerkte er, daß die Armaturen ausgesprochen aufwendig waren, edle deutsche Poggenpohlhähne. Die kosteten mindestens ein paar hundert Kronen pro Stück. Oder sogar mehr?

Inklusive der Armatur des Bidets waren hier mindestens zwölfhundert Kronen montiert, völlig nutzlos, das heißt, im Moment waren sie von keinem Nutzen. Wenn Torsten die Arbeit machen sollte, brauchte er Geld für Material. Was lag näher als ein paar Hähne abschrauben, sie zum Baumarkt in Boländerna bringen und alles zu Bargeld machen? Auf diese Weise würde keine wertvolle Arbeitszeit verlorengehen, und für den Baumeister wäre es die einfachste Sache der Welt, sie auszulösen und wieder anzuschrauben.

Installationsarbeiten waren Torsten keineswegs fremd, und die Rohrzange lag draußen im Volvo, er war sich ganz sicher.

Die nagelneuen Muttern ließen sich kinderleicht abschrauben. Beim erstenmal machte Torsten natürlich den Fehler, den darunterliegenden Haupthahn nicht vorher abzustellen, und es gab eine kleine Überschwemmung, bevor er die Situation unter Kontrolle bekam. Zwei Hähne mußten genügen, um einen ausreichenden Vorschuß für das benötigte Material zu bekommen. Und der Bauherr mußte sie sich dann eben zurückholen. Da er sich schon mal nicht herbequemte, um seine Arbeiter einzuweisen, sollte er dankbar sein, daß er einen einfallsreichen Mann gefunden hatte, der die Sache selbst in die Hand nahm.

Torsten fuhr, mit leichten Herzschmerzen, hinaus ins Industriegebiet von Boländerna. Diesen Schmerz spürte er oft nach der Anstrengung, die es ihn kostete, einen Entschluß zu fassen.

Schlammige kleine Straßen verbanden ein Fabrikgelände mit dem anderen, die unterschiedlich hohen Einzäunungen waren meist von Stacheldraht gekrönt. Und hinter den Zäunen sah man aufgestapeltes Material, rostige Maschinen, neue, glänzende Traktoren, mit Schrott beladene Paletten. Schwere Lastzüge pflügten durch den Matsch. Dies war die Art von Leben, das die Menschen führten, und sie wußten von keinem anderen.

Die Häuser waren keine richtigen Häuser, sondern Konstruktionen, Platten verschiedener Größe, die man auf Metallgerüste montiert hatte. Diese modernen Lagerhallen und Werkstätten hatten größtenteils keine Fenster, und man sah auffallend wenige Menschen. Nur Laster, Lagerhallen und Maschinen. Irgendwo auf einem Industriegelände bewegte sich ein Gabelstapler durch den Regen, und da stand ein alter Mann und stocherte in einer Kiste mit Resten von Röhren herum, als suche er eine ganz bestimmte. Im übrigen wirkte das Gelände verlassen. Nur vor dem Gebäude des Schwedischen Technischen Überwachungsamts wartete eine Schlange von nicht besonders neuen oder eleganten Autos. Es sah aus wie ein Altersheim für Modelle, die irgendwann Anfang der sechziger Jahre blank und glänzend gewesen waren. Ich möchte wissen, sagte Torsten zu sich selber, ob neue Wagen jetzt überhaupt noch zur Inspektion kommen. Ihn schauderte ein wenig in seinem kalten Volvo; er hatte vergessen, wie lange die Inspektion bei ihm schon überfällig war. Vermutlich hatte er bereits Fahrverbot. Den braunen Umschlag der Behörden hatte er auf den Kühlschrank gelegt, wo er gewöhnlich die Post unterbrachte, die er später einmal zu öffnen gedachte.

Das Industriegelände zog sich hin, Kilometer um Kilometer. Die Gebäude waren, bis auf das Kraftwerk, das sich mächtig über allem erhob, alle etwa von gleicher Höhe, und alle Straßen sahen sich zum Verwechseln ähnlich. Als Torsten ein junger Mann war, hatte es hier nur Felder gegeben, er war mit seiner Frau hierher geradelt, um Kaffee zu trinken und oben am Föret Vögel zu beobachten. Wir hatten damals wirklich andere Freizeitvergnügen als die Menschen heutzutage. Falls die Menschen heutzutage überhaupt irgendwelche Freizeitvergnügen haben. Ihm kam in den Sinn, daß er kaum eine Ahnung davon hatte, womit sich andere Menschen heutzutage beschäftigten. Und das schlimmste war, daß es ihn nicht einmal besonders interessierte.

Ja, hier haben wir also Wirtschaftsleben und Industrie. Säuberlich auf die richtigen Grundstücksflächen verteilt, gemäß der Bauordnung nicht höher als zwei Stockwerke, wie es sich gehört. Und bestimmt mit Toiletten für Behinderte, und großzügig bemessene Waschräume, in die sich die armen Arbeiter verziehen können, um eine Zigarette zu paffen, wenn es zu mühselig wird. Wie schön, daß man sein Leben nicht so organisiert hat. Die hier zahlen pünktlich ihre Steuern und Sozialabgaben und haben ihre gesicherte Rente und was noch alles. Das ist was anderes als in der Schwarzarbeiterbranche, in der man sich herumtreibt. Da weiß man nicht mal, für wen man arbeitet und woher man das Material für die nächsten Stunden nehmen soll. Ein verdammter Unterschied zwischen denen und uns *Illegalen*. Wir verbrecherischen Arbeiter. Denn bedeutet illegal nicht verbrecherisch? Unvorstellbar, daß ganz gewöhnliche, einfache Arbeit allmählich zu einem Verbrechen wird! Das hat man sich so nicht vorgestellt, damals, als es hieß, es sei ehrenwert zu arbeiten.

Er warf einen raschen Blick auf die Wasserhähne. Doch, da lagen sie, verchromt und elegant, auf dem Beifahrersitz. Es würde bestimmt klappen, Geld dafür zu kriegen.

Der Baumarkt war wie üblich überfüllt. Torsten grüßte den einen oder anderen Tischler, den er von früher her kannte. Einige grüßten zurück und fragten, wo er denn mittlerweile stecke. Andere schienen es so eilig zu haben, daß sie keine Zeit hatten, ihn zu beachten. Der Geschäftsführer machte ein bißchen Schwierigkeiten, weil Torsten ihm keine Kontonummer angeben konnte, aber mit ein wenig Entschiedenheit setzte er sich schließlich durch. In diesem Laden kauften viele Handwerker ein, und sie waren es gewöhnt zu improvisieren. Die Hähne waren in bestem Zustand, es konnte also kein wirkliches Problem sein. Fliesenkleber und Fugenmasse und das nötige Werkzeug waren im Handumdrehen gekauft, und es blieb noch Geld übrig, das Torsten sorgfältig in der Gesäßtasche verstaute. In einem Umschlag mit einer genauen Aufstellung von Soll und Haben. Es sah so aus, als würde dieser verflixte Regen allmählich aufhören.

Gott sei Dank, mußte man wohl sagen, waren wenigstens Kacheln am Arbeitsplatz vorhanden. So wie die Preise in den letzten Jahren gestiegen waren, wäre er sonst nicht weitergekommen. Man muß improvisieren können, wenn man es in diesem Beruf zu etwas bringen will, sagte er sich.

Punkt zwölf betrat er die Fernfahrerkneipe der Esso-Tankstelle am Stockholmer Kreisel. An der Theke war eine lange Schlange, aber sie kam rasch voran. Die finnischen Mädchen verteilten flink und geschickt Bauernfrühstück und Griebenwurst und sonstige Speisen an hungrige Fernfahrer und andere Gäste. Es ist eine auf ihre Art perfekt funktionierende Einrichtung, dachte Torsten und zögerte lange zwischen Bauernfrühstück und Griebenwurst. Schließlich entschied er sich für letzteres, und es war ihm unmöglich, auf die schwellenden Kopenhagener zu verzichten, die sich mit ihrer herrlichen gelben Cremefüllung am Ende der Theke darboten. Für einen Augenblick fühlte sich Torsten als glücklicher Konsument.

Hier ging es ihm schon viel besser, er war wieder von Menschen umgeben. Aus diesem verlassenen Gebäude herauszukommen, das ist fast, wie aus einem Gefängnis zu türmen, sagte er sich.

Die Mädchen an der Theke fanden wohl, er sei ein wenig langsam und umständlich bei der Bestellung. Aber sie blieben trotzdem freundlich, verschwitzt und gehetzt wie sie waren, mit kleinen zarten Brüsten unter der Schürze. Er war immer noch derartig eingestaubt, daß die meisten in der Schlange vorsichtshalber Abstand zu ihm hielten. Das mit dem Staub hätte er wohl bedenken sollen, die meisten Gäste trugen ordentliche Overalls mit Firmennamen auf dem Rücken. Und vereinzelt gab es auch Männer mit Anzug und Aktentasche. Wie kommt man nach Örbyhus? fragte einer. Torsten setzte zu einer ausführlichen Erklärung an, wobei er auf mehrere interessante Landstraßen einging, in deren Nähe er in den fünfziger Jahren Krebse gefischt hatte, und befand sich gerade mitten in einer Beschreibung des schönen Gutes Löfsta mit seiner bemerkenswerten Orgel, als der Mann ihn ziemlich abrupt unterbrach:

– Das ist doch wohl nicht Ihr Ernst, sagte der Mann mit aufgerissenen Augen. Ich muß heute nachmittag noch fünf Geschäfte besuchen. *Da heißt's, aufs Eisen drücken!*

Torsten war so beeindruckt von dieser Redewendung *aufs Eisen drücken*, daß er sich mit der größten Hochachtung von dem Mann verabschiedete. Obwohl er eigentlich nicht richtig begriff, was es bedeutete, erwog er ernsthaft, sich diese Wendung künftig anzueignen: *»Da heißt's, aufs Eisen drücken!«* Es klang so unsentimental und effektiv und anfeuernd.

Der Schmerz in der Magengrube ließ langsam nach, je weiter die prächtige Mahlzeit fortschritt. Vielleicht hat mir einfach nur das Essen gefehlt, ich sollte etwas mehr an meine Kost denken. Und wenn die Schmerzen bei den Kopenhagenern und dem Kaffee allmählich wiederkehrten, so doch immerhin in sehr viel milderer Form. Nur wie eine vage Erinnerung an das, was sie einmal gewesen waren. Seine Augen, die leicht gerötet und gereizt waren von all dem Kachelstaub, folgten aufmerksam dem Muster des rotblauen Wachstuchs auf dem Tisch, da sie sonst nichts Rechtes hatten, an das sie sich halten konnten. Die niedrigen, schweren Wolken über dem weitläufigen Fabrikgelände von Boländerna schienen sich langsam zu zerstreuen. Vielleicht würde nachmittags die Sonne noch ein wenig herauskommen?

– Ja, Torsten, bist du es? In was für einem staubigen Loch hast du dich denn herumgetrieben?

Torsten blickte auf. Eine große, magere Gestalt in Jeans und einem T-Shirt mit dem Aufdruck JÄRLÅSA SÅG beugte sich über den Tisch. Die Hände waren rot und knotig, als seien sie zu lange eisiger Luft ausgesetzt gewesen. Die Haare über der hohen, schmalen Stirn waren schütter und weiß, und auf der Nase saß eine Brille mit außerordentlich dicken Gläsern.

Torsten fing an zu strahlen.

– Na so was, Stickan! Was treibt dich denn her, zum Teufel? Bist du nicht in Morgongåva?

– In Morgongåva gibt es keine Arbeit. Aussichtslos, du verstehst. Es ist so viel passiert, seit ich da gewohnt habe. Warte mal, ich hole mir nur meinen Kaffee.

Und Torsten sah, wie sich Stickan mit seinem eigentümlich vorgebeugten Gang eilig zwischen den Tischen zu einer Tasse Kaffee durchschlängelte, die er irgendwo abgestellt haben mußte. Stig Clason war ein Vetter, Torsten kannte ihn von Jugend an. In den vierziger Jahren hatten sie zusammen Weitsprung geübt und an eiskalten Wintermorgen im knirschenden Neuschnee in Hallstahammar Zeitungen ausgefahren. Damals waren Zeitungen noch groß im Schwange.

Später war Stickan mal hier, mal da. So könnte man es nennen. Eigentlich war er wohl Zimmermann, sofern man überhaupt sagen kann, was ein Mensch *eigentlich* ist. Doch das war nur eine von seinen vielen Seiten. Er war, kam es Torsten in den Sinn, *ein Mann mit vielen Seiten*. Es gibt auch Männer mit vielen Böden, doch das ist eine andere Sache. Stickan hatte nur einen Boden, aber viele Seiten. In den fünfziger Jahren war er Motorradrennen gefahren, mit diesen Motorrädern, mit denen man auf dem Eis fährt, mit spitzen Noppen an den Reifen, wobei man sich mit dem Knie auf dem Eis abstützt. Torsten konnte sich nicht erinnern, wie dieser Sport hieß. Jedenfalls hatte es Stickan nicht zum schwedischen Meister gebracht.

Dann hieß es, er sei für eine Weile Prediger gewesen, was Torsten nicht überraschte. Stickan war ein Mann mit vielen Seiten. Und für Philosophie hatte er sich schon immer interessiert. Damals hatte er auch schön gesungen. Je mehr von den älteren Verwandten gestorben waren, um so spärlicher wurden die Berichte über Stickan. Bald war er in Göteborg, arbeitete auf der Werft und verdiente Geld wie Heu, bald war nichts mehr mit der Werft in Göteborg, und Stickan war bei einer Firma in Uddevalla, die Bohrinseln baute. Dann war Schluß mit dem Ölboom, und zuletzt hieß es, er arbeite als Tischler in Morgongåva. Frau und Kinder hatte Stickan offenbar nie lange halten können. Durch verschiedene Gerüchte wußte Torsten von mindestens zwei Ehen. Doch seit Tante Selma in Sala gestorben war, ließ die Berichterstattung zu wünschen übrig.

Gerade als ein riesiger Fernlastzug die Fenster verdunkelte, übrigens war es so ein verdammter TIR aus Polen, wie sie angeblich die Russen benutzten, um schwedische Verteidigungsanlagen auszuspionieren, es waren schließlich sonderbare Zeiten, in denen man lebte, kehrte Stickan zurück. Anscheinend war er kurzsichtiger geworden mit den Jahren.

– Und wie steht's mit dir?

– Nicht besonders. Ich bin vorzeitig pensioniert. Wegen meinem kaputten Magen.

– Und du bist all die Jahre in Uppsala geblieben?

– Ja, das hat sich so ergeben. Nachdem meine Frau gestorben ist.

– Und woher kommt der ganze Staub auf deiner Hose?

– Schwarzarbeit. Ein Vierfamilienhaus unten am Seminar soll in zwei Wohnungen umgebaut werden. Todschick. Das, was fertig ist. Aber irgendwelche Pfuscher vor mir haben Mist gemacht. Und ich muß jetzt in Bad und Küche nochmal drangehen. Der Fliesenleger vor mir hat alles völlig vermurkst. Es gibt ja komische Typen heute. So was von Schlamperei. Das hätte es früher nicht gegeben. Aber es ist ein ziemlich einsamer Job. Ich habe heute früh angefangen, und bis jetzt hat sich noch kein Mensch blicken lassen. Die Kerle haben sich nicht mal die Mühe gemacht, irgendwelche Anweisungen für die Arbeit zu hinterlassen. Und Geld für Material habe ich auch keins bekommen. Aber man muß es eben deichseln, so gut es geht. Was machst du hier? Bist du beim Sägewerk Järlåsa?

– Nein, das ist nur das Hemd. Ich komme prima zurecht. Es ist bloß so, daß ich heute blaumache. Ich mußte das Auto zur Inspektion bringen, aber es ist nicht durchgekommen. Die Bremsen sind ein bißchen abgenutzt. Ich mußte es also in die Werkstatt bringen. Man muß aus allem das Beste machen.

– Das muß man, ja. Hör mal, ich kann dich doch in die Stadt mitnehmen. Ich habe heute noch viel zu tun. *Man muß aufs Eisen drücken,* verstehst du!

Eigentlich hatte Torsten noch so viele Fragen. Er hatte diesen Menschen nicht mehr gesehen, seit sie an den Sommerabenden ins Schleusenbecken von Berg gesprungen und dort herumgeschwommen waren, zum großen Ärger der Flußschiffer. Sie waren wohl sechzehn, als sich seine Mutter mit den Clasons zerstritt und zu ihrer Schwester nach Uppsala zog. Und damals war eine Art Paradies verlorengegangen. Ja, eine Art Paradies aus staubigen Landstraßen mit Erdbeeren an den Grabenrändern, aus heißen Sommertagen, wenn die Gewitter über dem Wald im Norden aufzogen und es herrlich war, sich in die eiskalten Schleusenbecken zu werfen. Zwischen hohen, hallenden Wänden aus Feldsteinen. Und mit einem Wasser, das so schwarz war, daß ein Bootshaken schon nach wenigen Dezimetern unsichtbar wurde.

Der Verlust, nach Uppsala zu ziehen, in eine Gegend mit diesen lehmigen Äckern und der langweiligen Ebene ohne Seen, die nur unterbrochen wurde von dem düsteren Hügelzug Kronåsen und von Fyrisån, mit diesem mickrigen Flußlauf, mit eiskalten Wintern und Schneestürmen in sonderbar leeren Straßen, dieser Verlust war ziemlich einschneidend gewesen. Aber wie es mit allen Verlusten eben so ist: im Laufe der Jahre hatte Torsten aufgehört, darüber nachzugrübeln.

Das Leben war, wie es war, und es ist geworden, wie es geworden ist. Schließlich konnte man nicht zurückgehen und es irgendwo reparieren. Das Lebenselend.

Nicht mehr ganz so einsam

Fast ein bißchen unheimlich war es gewesen, vorhin.

Jetzt war es nicht mehr ganz so einsam.

Nun saß er im Volvo, zusammen mit einem anderen weißhaarigen, mageren alten Mann, der tatsächlich von Anfang an dabeigewesen war. Jemand, mit dem man reden konnte. Es war eine Überraschung, und Torsten wußte nicht so recht, ob es ihn froh machte oder traurig. Dieser Stickan mußte ihn in einer ursprünglicheren Verfassung gesehen haben. Vor langer Zeit.

Irgendwas sperrte sich dagegen, über die Gemeinsamkeiten zu reden. Aber es mußte schließlich sein.

Er hatte Stig ja auch in einer ursprünglicheren Verfassung gesehen.

Als Stickan mit dem Handrücken das beschlagene Autofenster abwischte, kicherte er ein bißchen in sich hinein. Es war immer der gleiche Ärger mit diesem Auto: die Scheiben beschlugen wie verrückt, und es war schwierig, sie klar zu bekommen, da sich nur so wenige Fenster öffnen ließen.

– Worüber lachst du?

– Ich denke an deinen Job. Du kommst in dieses Haus, und als erstes reißt du das wenige ab, was schon gemacht ist. Und dann montierst du einfach ein paar Wasserhähne ab. Als würde das überhaupt keine Rolle spielen. Wenn jemand sich das ansehen kommt, während du hier bist, wird es schlimmer aussehen als zuvor. Sie werden glauben, da hätten irgendwelche Vandalen gehaust.

– Es muß doch neu gemacht werden, zum Teufel.

– Na klar. Aber stell dir vor, jemand kommt nachsehen, bevor du zurück bist.

– Na, aber ich habe alles lupenrein aufgeschrieben. Schwarz auf weiß. Sieh mal! (Umständlich kramte er den Umschlag aus der Gesäßtasche.)

Soll:	
Zwei eingetauschte Wasserhähne Marke Poggenpohl (Baumarkt Uppsala)	*1230,—*
Haben:	
Fliesenkleber, Väärtiläs, vier Dosen à 35,90	*143,60*
Drei Tuben graue Fugenmasse à 24,90	*99,60*
Diverses Werkzeug und Ausrüstung	*470,—*
Dem Auftraggeber zu erstatten	*516,80*

Torsten schrieb alles nochmal säuberlich auf die Rückseite der Preisliste des Spirituosenladens, riß das Blatt ab und steckte es in seine Brieftasche. Keiner sollte ihm faule Geschäfte vorwerfen.

– Du mußt doch zugeben, daß diese Leute, wenn sie auch nur ein Fünkchen Verstand haben, begreifen werden, daß ich zu ihrem Besten gehandelt habe. Und die Hähne wieder dranzumachen, ist schließlich keine Kunst. Entscheidend ist doch wohl, daß es überhaupt vorangeht!

– Ja ja, das sagst du so einfach.

– Warum lachst du?

– Das ist so typisch für dich. Du bist immer schon so gewesen.

– Im Ernst?

– Freilich. Als Junge warst du nicht zu bremsen. Was du auch gerade in den Händen hattest, Kaninchenställe oder Schneeschaufeln, immer mußtest du alles auseinandernehmen und es anders machen.

– Ach, daran kann ich mich überhaupt nicht erinnern.

– Doch. So war es.

Sie standen lange bei Rot an der Ampel, kurz nach dem Stockholmer Kreisel. Schwere Wagen fuhren bei Holzfirmen und Autowerkstätten, die auf denkbar einfache und zweckmäßige Art gebaut waren, ein und aus. Vereinzelt kämpften sich durchnäßte Mopedfahrer durch den Regen.

– Die haben hier gebaut wie die Irren.

– Du warst schon ein bißchen eigen, als Junge. Du warst wie dein Onkel, der Klempner. Der war auch ziemlich ulkig. Über ihn waren viele Geschichten im Umlauf.

– Sieh mal an, daran kann ich mich überhaupt nicht mehr erinnern, sagte Torsten wieder, nicht ganz aufrichtig.

Die Ampel sprang auf Grün, und Torsten – der den alten klapprigen Motor auf vollen Touren hatte laufen lassen, damit er nicht im Regen absoff – brachte die Karre mit schleifender Kupplung wieder in Gang. Es war merkwürdig: obwohl beide sich viel zu sagen gehabt hätten, war keiner von ihnen besonders gesprächig.

– An die komischste Geschichte erinnerst du dich bestimmt, als er den Kirchturm in Berg reparieren sollte.

– Nein. Ich erinnere mich nicht. Erzähl' sie mir doch.

Ein Taxi drängte sich einen Zoll vor Torstens Kotflügel in die Fahrspur, und er fluchte über die Frechheit der heutigen Autofahrer. Er merkte, daß sein Wagen schon ziemliche Verschleißerscheinungen zeigte; die Lenkung funktionierte nicht mehr ganz so wie früher. Ein Glück, daß er keine Kacheln transportieren mußte! Es herrschte dichter Verkehr und schlechte Sicht, es ging alles ziemlich langsam und mühselig voran. Torsten war das nur recht. Er wollte Zeit haben, um mit diesem Mann zu reden, die letzte Verbindung, die er mit seiner Kindheit hatte. Die Frage war nur, wie etwas Vernünftiges aus ihm herauszubekommen war.

– Die Kirche von Berg hat doch diesen ungewöhnlichen Turm. Spitz und hoch. Ungefähr dreißig Meter. Und er wirkt sogar noch höher, weil die Kirche auf einer Endmoräne liegt. Irgendwann um 1924 herum war es dann Zeit, das Kupferdach des Turms zu erneuern. Der Kirchenrat war furchtbar knickrig, und zum Schluß blieb nur noch Clason übrig, der ein so niedriges Angebot machte, daß er den Zuschlag bekam. Und Clason, der alte Geizkragen, machte das Ganze als Einmannjob. Zog ein Gerüst hoch, hievte das alte Kupferblech herunter und das neue herauf. Es war natürlich lebensgefährlich, aber er war genauso hartnäckig wie geizig. Und am Ende schaffte er es. Schwerhörig und eigensinnig und nur mit seinem Kram beschäftigt, hing er da oben in seinem Bootsmannstuhl und hämmerte seine Nieten fest, in Regen und Sonnenschein, schwitzte und fluchte und hämmerte, daß es im weiten Umkreis zu hören war. Es dauerte natürlich Wochen, nein, Monate. Aber das störte weiter keinen. Hauptsache, es wurde gemacht. Die Gemeindemitglieder kamen und gingen, und an warmen Frühlingstagen hatte wohl so mancher ein bißchen Mitleid mit dem armen Clason, der da oben mit einer Wasserflasche am Gürtel hing und hämmerte, während ihm der Schweiß über die Stirn lief, den er nicht einmal abwischen konnte, weil sonst die Gefahr bestand, daß ihnen unten der Hammer auf den Kopf fiel.

– Tja, sagte Torsten aufs Geratewohl, schließlich entgeht keiner seinem Schicksal.

– Meinst du? Das glaube ich überhaupt nicht. Ich glaube, alles kommt von innen. Ich glaube, die Leute entscheiden selbst, wer sie sein wollen. Wie auch immer, eines schönen Vormittags hängt Clason da oben, als der Pastor persönlich anspaziert kommt. Er schaut hinauf und sieht den Klempner droben wie eine übergroße Fliege an dem blanken Kupferblech hängen, hämmernd und fluchend wie üblich. Möglicherweise hat der Pastor einen Anflug von schlechtem Gewissen bekommen. Genaugenommen hat er in allen Kirchenratsversammlungen gesessen, in denen sämtliche vernünftigeren Lösungen der Sache diskutiert wurden, um sie dann abzuschmettern, da sie ihm zu teuer waren.

Jedenfalls steht er da und stiert hinauf zum Kreuz und der Kugel und dem goldenen Hahn auf der Kirchturmspitze und versucht, diesen sonderbar dahängenden und hämmernden Mann mit seiner Stimme zu erreichen. Clason! ruft er mit gebieterischer Stimme. Doch der Mann da oben scheint ihn nicht zu hören. Der Pastor ruft wieder und wieder, und schließlich dämmert es Clason, daß die kleine schwarze Gestalt da unten mit dem rötlichen Gesicht mitten in dem weißen Kragen vermutlich etwas von ihm will.

Clason also, stinksauer darüber, daß er die Arbeit unterbrechen und sich abfieren muß – eine zeitraubende und mühselige Aufgabe, wenn man keinen Helfer hat –, landet schließlich zu Füßen des Pastors: Guten Tag, Clason! Guten Tag, Herr Pastor! Und da stehen sie und starren, nein, glotzen einander an, in der Hoffnung, daß wenigstens einem von ihnen etwas einfällt.

Der Pastor, sozusagen von Berufs wegen etwas gesprächiger, besinnt sich als erster und sagt:

– Hat er keine Angst, allein so hoch da oben?

– *Wie bitte?* sagt Clason. (Damals war er wohl kaum älter als fünfundzwanzig, aber schon schwerhörig von dem ewigen Gehämmer. Wie du dich erinnerst, war er ja stocktaub, als du und deine Mutter bei ihm eingezogen seid, aber damals muß das also schon angefangen haben.) Clason starrt ihm also direkt in die Augen, wischt sich den Schweiß von der Stirn und sagt: Wie bitte?

– Hat er keine Angst, allein so hoch da oben?

Clason stiert ihn an, denkt nach, lange und gründlich, spuckt den Priem aus, der ihn da oben in der Höhe begleitet hat, und sagt:

– Das will ich dem Herrn Pastor sagen, Angst habe ich keine, und wenn ich so hoch komme, daß ich die Engel furzen höre!

– Aha. Das ist ja eine tolle Geschichte, sagte Torsten an der nächsten Ampel und startete mit plötzlich aufsteigendem Zorn.

– Hör mal, sagte Stickan ungerührt, ich habe eine Idee. Wir fahren am Getränkeladen von Luthagen vorbei und kaufen eine Flasche Boxerbranntwein und etwas Wurst und Brot, damit wir eine Grundlage haben, und dann begleite ich dich dahin und helfe dir mit den Fliesen. Ich mag nicht den ganzen Nachmittag zu Hause sitzen und in die Glotze starren.

– Hast du denn Moneten?

– Ach, zum Teufel, sagte Stickan, das findet sich schon.

Während sie einparkten, was schwierig war, da die Straße praktisch blockiert war von einem Mann mit Krücken in ihrem Alter, der gerade aus einem Taxi stieg (die ganze Straße hinunter hupten die Leute wie wild, und eine alte Frau sprach laut von Frührentnern, die mit dem Taxi gratis zum Spirituosenladen fahren), nutzte Torsten die Gelegenheit, um Stickan recht schüchtern und vorsichtig, das muß man sagen, zu fragen:

– Sag mal, stimmt es, daß du Prediger gewesen bist?

– Ja, das kannst du wohl annehmen, zum Teufel. Allerdings nicht sehr lange. Es zählt also nicht. Weißt du, meine Mutter gehörte zum Lutherischen Missionsbund. Da habe ich dann also eine Weile die Kurse besucht. Ich glaube, die Absicht war, aus mir einen Missionar zu machen. Aber daraus wurde nichts. Klar war ich Prediger. Frag mich lieber, was ich nicht gemacht habe. Eine Zeitlang bin ich herumgereist und habe Vorträge über Vegetarismus gehalten. Und habe Körner und Bücher über Rohkost verkauft. Es gibt kaum eine Stadt oder einen Sprengel, wo ich in den vierziger Jahren keine Vorträge gehalten habe. Irgendwie ist es mir immer sehr leicht gefallen, andere Leute von allem möglichen zu überzeugen. Nur mich selbst zu überzeugen, das war nicht so leicht. Übrigens bin ich auch mal Esperantist gewesen. Esperanto und Rohkost waren sozusagen meine Ideale. Die Rohkost sollte die Menschen gesund machen, und wenn alle Menschen Esperanto sprächen, würde es keine Kriege mehr geben. Aber das ist lange her. Es hat für mich keine Gültigkeit mehr, wenn ich mal so sagen darf.

Sie quetschten sich in den Spirituosenladen, wo sich gerade die nachmittäglichen Schlangen formierten. Torsten hatte das Gefühl, daß alles schon viel freundlicher aussah.

– Ja, wie gesagt, sagte Torsten, meine Bilanzen sind tipptopp in Ordnung. Das sind sie.

Die Schlange wand sich lang vor ihnen, das gewohnte Bild. Gottlob waren es wenigstens keine Leute, die ausgefallene Sorten verlangten.

– Ich habe es vernommen.

– Tipptopp, wie gesagt, sagte Torsten. Wenn irgendwo Fehler sind, dann jedenfalls nicht in meinen Bilanzen.

– Wie gesagt, fuhr er fort. Aber wahrscheinlich ist was dran, daß es nicht immer einfach ist, alles auf die Reihe zu bringen. Ich kann mich an keine Zeit erinnern, in der ich, wie es heißt, in richtig geordneten Verhältnissen gelebt hätte. Immer hat es an irgendwas gefehlt. Als ich in Ekeby angestellt war, ging es ganz ordentlich. In den fünfziger Jahren gab es ja soviel Geld. Damals kriegte ich genug zusammen, um das Haus zu kaufen. Und ein Auto. Die Fünfziger waren auf ihre Art prima. Die Leute hörten Radio und fuhren sonntags ihre Autos spazieren. Aber als erstes mußte ich natürlich den Jungen verlieren. Ein feiner und netter Kerl, und ich hatte große Hoffnungen auf ihn gesetzt. Aber dann mußte er sich mit Typen einlassen, die Motorrad fahren. Und dann kam es, wie es kam.

– Schrecklich, sagte Stig.

– Ja, es *war* schrecklich. Meine Frau wurde danach nie mehr ganz die alte. Sie hat sich irgendwie verloren. Sie ging rum und besorgte den Haushalt wie zuvor. Aber sie war nicht richtig dabei. Verstehst du, was ich meine?

– Man *kann* sich verlieren. Das habe ich auch bei anderen Menschen schon erlebt.

– Mit der Zeit wurde es dann ziemlich sonderbar. Als würde man mit einem Goldfisch reden.

– Weißt du, daß man Goldfische nicht zusammen mit anderen Fischen im Aquarium halten kann?

– Nein, das habe ich nicht gewußt.

– Sie sondern durch die Kiemen Ammoniak ab. Und das wird den anderen Fischen zuviel.

– Sieh mal an, davon hab ich noch nie etwas gehört.

– Aber so ist es.

– Wir sollten vielleicht drei Flaschen nehmen, dann haben wir zwei in Reserve.

– Können wir uns das leisten?

– Aber ja, verflixt. Wie schon gesagt, meine Bilanzen sind tipptopp in Ordnung.

Wir müssen uns Sisyphos fröhlich denken

– Na, hier sieht es ja wüst aus, sagte Stig.

Damit hatte er nicht ganz unrecht.

Das Haus war genauso leer, wie Torsten es verlassen hatte. Irgendwo, es war allerdings schwer zu sagen, wo, schlug im Obergeschoß ein Fenster im Wind. Das war merkwürdig, denn Torsten konnte sich nicht erinnern, dieses Geräusch vorher gehört zu haben. Allerdings hatte der Wind zugenommen, seit es aufklarte. Jetzt, als er sozusagen einen Besucher hatte, wirkte das Badezimmer mit all den heruntergeschlagenen Scherben auf dem Boden ziemlich trostlos. Und die abmontierten Hähne hatten unzweifelhaft eine gewisse Leere hinterlassen. Es war ihm unverständlich, wieso ihm diese Aufgabe als leicht erschienen war, als er zum erstenmal hiergewesen war.

– Laß uns erstmal den Schutt wegschaffen, sagte Stig. Hier kann man ja keinen Schritt tun, ohne sich den Oberschenkelhals zu brechen. Gibt es irgendwo eine Schubkarre und einen Spaten?

– Nein, sagte Torsten. Ich habe schon daran gedacht, aber ich habe nichts gefunden.

– Es hat keinen Zweck, mit dem Schnaps anzufangen, bevor wir das in Ordnung gebracht haben. Nimm doch den Eimer und rühr schon mal den Fliesenkleber an, dann werde ich dafür sorgen, daß das hier wegkommt.

Stig war verschwunden, bevor Torsten ihn auch nur hatte fragen können, wie zum Teufel er dieses Problem zu lösen gedachte. Und ihm wurde klar, daß er tatsächlich in die Küche gehen mußte, um Wasser in den Eimer zu füllen. Es war nicht zu leugnen, daß seine Füße schon hier und da deutliche Spuren hinterlassen hatten. Aber das spielte keine so große Rolle. Es war doch wohl ziemlich selbstverständlich, daß hier sowieso geputzt werden mußte, auf jeden Fall, und zwar nach dem Fliesenlegen. Einmal hatte er einen ähnlichen Job in einem Haus gemacht, wo ihn die Frau gezwungen hatte, jedesmal die Stiefel auszuziehen, bevor er eintrat. Er erinnerte sich mit einem gewissen Widerwillen daran. Es war irgendwo in Bergsbrunna gewesen, und es hatte ihn fast verrückt gemacht, da er immer wieder nach draußen mußte, um Material zu holen. Schuhe an, Schuhe aus! Am Ende hätte er die Frau am liebsten erwürgt. Aber so etwas tat man ja nicht.

Jetzt war also, so war zu hoffen, alles vorhanden, was er benötigte. Fliesenkleber und Fugenmasse. Wenn er jetzt bloß noch etwas zum Mischen fände, wäre alles gut. Die Kacheln herumschleppen und den Draht von den Fliesenpaketen lösen war eine mühselige Angelegenheit; und der Ausflug in den Baumarkt hatte ihn ziemlich angestrengt. Am besten wartete er damit, bis Stig zurückkam. Wie um Gottes willen hatte der bloß Prediger sein können! Und dann diese Geschichte mit den vegetarischen Vorträgen! Blieb nur die Frage, ob jemand wie er wirklich eine glaubwürdige Person war, oder nur ein Schlitzohr, das sich einen Spaß daraus machte, anderen Leuten einen Bären aufzubinden.

Wütend rührte Torsten den Kleber mit einem Besenstiel an, ohne sich auch nur die Mühe gemacht zu haben, die Bürste zu entfernen, und ließ das Wasser im Spülstein in einem feinen und genau kalkulierten Strahl in den Brei laufen. Er mußte genau die richtige Konsistenz haben. Das hatte er noch immer in den Fingerspitzen, und einen Moment lang genoß er seine eigene Geschicklichkeit. Kaum hatte er den Wasserhahn zugedreht, als er merkwürdige Geräusche aus der Wohnung hörte, Geräusche, die ihn hochfahren ließen. Ihm fiel die geschlossene Tür ein und der merkwürdige Zettel, auf dem Sofie K. stand. Ob sie es war, die nun wieder spukte?

Oder hatte sich etwa endlich der Baumeister eingefunden und sich auf seinen vernachlässigten Auftrag besonnen? Nun, wie auch immer, jetzt war wohl er, Torsten, an der Reihe. In diesem verfluchten Haus war schließlich alles möglich.

Doch im Badezimmer fand er keinen anderen als Stig, der munter dabei war, Kachelscherben und Schutt mit einer soliden Schaufel in eine Schubkarre der guten alten Art zu schaufeln. Und da lehnte sogar noch eine zweite Schaufel.

– Hallo, du kannst gleich mit anpacken! Hör mal, den Branntwein und die Wurst habe ich in den Kühlschrank gestellt. Wir nehmen schon mal ein Gläschen, wenn wir den Dreck hier rausgeschafft haben. Sieh mal an, und den Kleber hast du auch schon fertig.

– Aber wo zum Teufel hast du die Schubkarre und die Schaufeln aufgetrieben?

– Das war nicht weiter schwierig. Ich habe mal beim Nachbarn reingeschaut. Netter Kerl, Rentner. Er heißt Tage Petterson und war Buchhalter beim Gaswerk. Aber jetzt sieht er nicht mehr so gut. Und deshalb benutzt er sein Werkzeug nicht so oft. Aber er hält alles prima in Schuß. Der Geräteschuppen ist tadellos in Ordnung. Nur sieht man natürlich, daß er lange nichts mehr im Garten gemacht hat. Seine Frau liegt übrigens im Krankenhaus. Ist wohl schon lange dort.

– Aha.

– Übrigens war er sehr erstaunt zu hören, daß wir hier arbeiten. Er sagt, seit dem Frühsommer hätte er hier keinen Menschen mehr gesehen. Wie es scheint, stimmt irgendwas nicht mit der Baugenehmigung. Und Petterson hat steif und fest behauptet, der Besitzer wohne in Stockholm. Aber offenbar hat er sich nach einem Konkurs davongemacht. Das war so ein Immobilienspekulant, du weißt schon. Aber jetzt ist er anscheinend auf Mallorca oder auf den Bahamas oder wie das heißt. Petterson hat gesagt, es freue ihn, daß es hier wieder vorangeht. Schon im Sommer hätte alles renoviert werden sollen. Es sollte eine schicke Villa werden. Als er hierherkam, haben vier Familien darin gewohnt, mit massenhaft Kindern. Und dann hat sie offenbar eine Weile leergestanden.

– Ach so. Ist ja allerhand.

– Ja. Es tut ja nie gut, wenn die Dinge stillstehen. Wo sich nichts rührt, ist der Verfall nicht weit, wie meine Mutter zu sagen pflegte.

– Ja, im Moment rühren ja nur wir uns hier.

– Nimmst du jetzt die andere Schaufel, damit wir den Dreck hier rauskriegen, bevor wir ein Stück Wurst und einen Schnaps nehmen?

Torsten bekam in der Staubwolke, die sie aufwirbelten, einen Hustenanfall. Die Schubkarre war schwer, und es war nicht einfach, über die Schwelle der Haustür zu kommen. Wo zum Teufel sollte er den Schutt abladen? Er fand eine Ecke neben dem Kasten, der offenbar Kühlschrank und Gefriertruhe enthalten hatte, und kippte die Scherben auf den nassen Lehm. Der Husten war kaum zu stoppen. Dennoch war nicht zu übersehen, das der Himmel aufgeklart hatte. Das düstere Novemberwetter war wieder in frühen Oktober übergegangen; glasklare Luft, wie sie es in Uppsala nur an bestimmten Herbsttagen gab. Hier und da in den Bäumen hing ein vereinzeltes Blatt und leuchtete wie eine Goldmünze. Sie wechselten sich mit der Schubkarre ab, es wurden insgesamt sechs Ladungen, sechs vollbeladene Karren. Es war merkwürdig, wie viel zusammenkam, wenn man erst mal mit dem Abreißen anfing. Für Stig war es leicht. Für Torsten war es schwer. Doch als der Branntwein in ihn einsickerte, erholte er sich ziemlich schnell. Jeder Schluck breitete sich bis in die feinsten Verästelungen des Organismus aus und ließ das Herz leichter schlagen.

Sie tranken aus den Deckeln von Torstens Thermosflaschen. Pieksauber waren sie nicht gerade, aber dafür paßte ein kräftiger Schluck hinein.

– Wurst? sagte Torsten.

– Danke, sagte Stig. Wenn dieser verdammte Bromsten nicht wäre, würde man wohl jetzt auch auf Mallorca oder auf den Bahamas sitzen.

– Wer ist Bromsten?

– Nein, das kannst du natürlich nicht wissen, wer Bromsten ist. Und das ist sicher auch gut so. Aber er hat mir sehr geschadet.

– Es klingt so, sagte Torsten.

– Früher hatte ich tatsächlich mal ein Fuhrunternehmen mit drei Wagen, sagte Stig. Es war ein harter Job, aber es hat Spaß gemacht. Und ich habe ziemlich viel Geld verdient. Und dann hätte ich um ein Haar eine Frau gekriegt, mit zwei großen Kiesgruben in Åsen, in Surahammar hinterm Haus. Die waren schon damals, Ende der fünfziger Jahre, Millionen wert. Du kannst dir vorstellen, was Kies und Sand gekostet haben, als überall gebaut wurde. Ich erinnere mich, wie Bromsten mich mal zu der größten Kiesgrube mitnahm und so weit zum Rand vorging, bis der Boden unter uns zu bröckeln anfing, und sagte: Diese Kiesgrube ist Millionen wert. Ich höre es noch heute.

– Aber wer ist denn Bromsten überhaupt?

– Ein Schuft, ein richtig böser Mensch. Ich habe für ihn Kies gefahren. Von seiner verdammten Kiesgrube. Und außerdem mochte ich seine Tochter. Das war ein feines Mädchen.

– Und du durftest sie nicht heiraten?

– Nein, ganz so einfach ist es auch wieder nicht. Glaubst du etwa, ich hätte mir da von Bromsten reinreden lassen? Was sind das übrigens für komische Geräusche da?

– Ich habe nichts gehört.

– Mir kam es vor, als würde jemand die Treppe hochgehen.

– Ich habe nachgesehen. Oben wohnt niemand.

– Wie sieht es oben aus?

– Bloß eine verschlossene Tür. Zu einer alten Wohnung, die sie nicht renoviert haben. Und an der Tür hängt ein Zettel.

– Und was steht drauf?

– Sofie K.

– Bist du sicher, daß da keiner mehr wohnt?

– Du hast doch selbst gesagt, daß dieser Petterson seit Juni hier keinen Menschen mehr gesehen hat. Wenn du mir nicht glaubst, sieh halt selber nach. Ich fang jetzt mal mit dem Fliesenlegen an. Wie spät mag es sein?

– Viertel nach drei.

– Verflixt nochmal. Fast der ganze Tag ist rum, und keine einzige Kachel verlegt. Und dieser Kerl, der mit mir abrechnen soll, ist noch nicht aufgetaucht. Geh du nur rauf und sieh nach. Ich jedenfalls mach mich an die Arbeit.

Stig verschwand die Treppe hinauf. Torsten spannte die Schnur für die erste Reihe und legte los. Das Licht hätte besser sein können, aber es war jedenfalls eine Erleichterung, endlich – wenn auch spät am Tage – mit der Arbeit anzufangen, die er hier auszuführen hatte. Das Leben hatte fürwahr eigentümliche Seiten, Kehrseiten.

Und Torsten hatte das Gefühl, eine zufriedene Fliege zu sein, die eine Wand emporkriecht. Eine Rückseite der Wand. Die Rückseite von etwas, von dem man sich vorstellen mußte, daß es die Vorderseite war.

Er hat das alles erfunden

Stig ließ sich reichlich Zeit. Offenbar erforschte er die Örtlichkeiten da oben ziemlich pedantisch. Das ist gut, dachte Torsten, dann habe ich hier wenigstens meine Arbeitsruhe. Vielleicht kommt er überhaupt nicht zurück. Man weiß es nicht so genau; ich finde, er macht einen etwas sonderbaren Eindruck, dieser Stig. Da ist irgendwas, womit er nicht rausrücken will. Und dann diese Kiesgruben! Ein paar Millionen wert! Die er nie besessen hat! Was für Phantasien! Er hat das alles erfunden. Hat er sich als kleiner Junge auch immer Sachen ausgedacht?

Es war schier unmöglich für Torsten, sich daran zu erinnern. Plötzlich fiel ihm keine einzige Episode aus seiner Kindheit ein, in der Stig tatsächlich aufgetreten wäre.

Als sie im Sommer nach Sätra Brunn radelten? Aber Stig war doch wohl nicht unter den Radfahrern, oder doch? Als sie am Kanal entlangfuhren und die Schleusenwärter ärgerten? Torsten erinnerte sich an verschiedene Gesichter, aber nicht an das von Stig. Und dennoch war er ganz sicher, daß es ein spannendes Ereignis gab, bei dem Stig dabeigewesen war. Es mußte eins geben.

Es war wirklich phantastisch, wie fremd einem manche Kindheitsfreunde erschienen, wenn man sie wiedertraf. Dabei erhoben sie Anspruch auf eine Vertraulichkeit, die sie wohl kaum verdient hatten.

Torsten war mittlerweile so hoch oben an der Wand angekommen, daß er etwas zum Draufsteigen brauchte. Er reichte auch nicht annähernd bis zur Abschlußborte hinauf. Da er ziemlich klein war, hatte man ihn deswegen nicht selten gehänselt. Er ging hinaus und durchsuchte sämtliche Garderoben und Abstellkammern in der ganzen Wohnung nach einer Stehleiter oder wenigstens einer Kiste.

Verärgert ging er von Tür zu Tür und öffnete und schloß sie. Ein paar alte Röhren auf dem Boden einer Abstellkammer war jedoch alles, was er fand. Und zwei leere Halbliterpullen, die offenbar ein Handwerker vor ihm hinterlassen hatte. In dem Moment, in dem er fast über den dreibeinigen Schemel gestolpert wäre, der die ganze Zeit mitten im Wohnzimmer vor seiner Nase gestanden hatte, fiel ihm Irene ein.

Irene war eine Erinnerung, die er nicht oft aufsuchte, weil er sie genau so bewahren wollte, wie sie gewesen war. Sie gehörte außerdem mit der Vorstellung zusammen, er sei eine Spur zu klein. Eine seiner Erinnerungen war die, an einem Winterabend – es muß Anfang der dreißiger Jahre gewesen sein – mit ihr vor Einlaßbeginn vor einem Kino gestanden zu haben, Hand in Hand. Sie hatten immer wieder die wollenen Handschuhe abgestreift, um einander an der Hand halten zu können. Und dann dieses unangenehme Gefühl, in einem Gedränge zu stehen, in dem fast alle Menschen größer waren als man selbst. Bis sich schließlich die Pforten des Paradieses öffneten. Der Geruch von Staub und weggeworfenen Bonbonpapieren, der Geruch von nassen Wollsachen und Mänteln, auf die es geschneit hatte. Paradiesisch war weniger das, was auf der weißen Leinwand erschien, die sentimentalen Träume mit Clark Gable und Ava Gardner und wie sie alle hießen, sondern vielmehr das, was man drinnen in der Dunkelheit mit Irene anstellen konnte. Und das waren keine Kleinigkeiten. Diese weichen, warmen und sogar warmen und feuchten Flächen und Häutchen, die es zu erforschen gab. Mitten im »Dieb von Bagdad« mit Douglas Fairbanks war er stolzer Zeuge geworden, wie er mit seinen bloßen Fingern bei diesem heißen kleinen Mädchen einen Orgasmus auslöste, der so heftig war, daß es sie kaum im Kinosessel hielt.

Um Irene zu berühren – um ihre weicheren, intimeren Teile zu berühren –, war es fast notwendig, ins Kino zu gehen. Draußen wuchsen die Schneewehen immer höher, und zu Hause bei Torsten war nicht daran zu denken. Er wohnte noch bei seiner Mutter. Er hatte die Kammer, und die Mutter schlief auf der Küchenbank. Und oben auf dem Speicher hatte er seine Dunkelkammer eingerichtet. Aber Mädchen nach Hause schleppen, das war völlig ausgeschlossen.

Eine Traumzeit, eine verträumte Zeit, die verbunden war mit endlosen Schneefällen, Wollhandschuhen, Irenes abgetragenem Wintermantel und Schneeflocken, die sich ihr ins Haar setzten.

Sie wohnte bei zwei alten Damen in einem ziemlich großen Haus unter dem Dach. Die Damen waren ihre Tanten und sehr vornehm. Sie waren Propsttöchter und verkehrten nicht mit jedermann. Torsten hatte sie mehrmals in Hallstahammar gesehen, hatte aber kaum je mit ihnen gesprochen, nachdem er Irene bei der kirchlichen Wohltätigkeitsveranstaltung mit Paketversteigerung kennengelernt hatte. Solche Gelegenheiten ermöglichten in Hallstahammar die kurzen Begegnungen zwischen den feinen und den weniger feinen Leuten. Vor Jesus waren sozusagen alle für eine Weile gleich.

Torsten und Irene trafen sich meist ein gutes Stück vom Haus entfernt an der Ecke von Knektbacken. Für Irene mußten sie höchst komplizierte Notlügen erfinden, um zu erklären, warum sie abends unbedingt ausgehen mußte. Zwar war sie schon neunzehn, aber was Kino und dergleichen betraf, nützte ihr das wenig. Hatten ihr die Tanten nicht gerade erst gedroht, sie vor die Tür zu setzen, als ihr eine Freundin die Haare kurz geschnitten hatte?

Im darauffolgenden Herbst war Irene fast genauso überraschend aus seinem Leben verschwunden, wie sie hineingekommen war. Man hatte sie auf die Märthaschule in Uppsala geschickt, um das Kochen und andere häusliche Künste zu erlernen. Sie hatten einander versprochen, Briefe zu schreiben, aber daraus war nicht viel geworden.

Dennoch tauchte sie Jahre später immer noch unversehens im Traum auf. Und dies stets im Winter und bei Schneetreiben. Sie war so etwas wie ein Eingang für ihn, ein Eingang in eine andere, wärmere Welt, in der er sich eigentlich nie zu bleiben getraut hatte. Als wäre sie nicht für ihn bestimmt.

Komisch, sagte sich Torsten, daß mir gerade heute so viele merkwürdige Gedanken kommen. Manche sind richtig unangenehm, andere dagegen ganz schön.

Mir kommen Dinge in den Sinn, an die ich seit Jahren nicht gedacht habe.

Es ist, als habe dieses Haus irgendwie einen Einfluß darauf, wie man denkt. Ich werde bald in die Küche gehen und mir einen Schluck genehmigen. Aber sieh mal an, wie schön sich diese Kacheln jetzt machen! Säuberliche, ordentliche Reihen, und hübsche finnische Kacheln. Und warte nur, bis ich die Fugen ausgefüllt habe. Mit genau der richtigen hellgrauen Fugenmasse, die so gut zu dem Blau paßt.

Es ist doch angenehm, wenn man im Leben ein bißchen Ordnung schaffen kann. Selbst wenn man weiß, daß eines schönen Tages einer kommt, der alles wieder abreißen wird, um es durch etwas anderes zu ersetzen. Wirklich gut ist nur ein einziger Augenblick, und zwar der, in dem man sieht, wie alles fast von selbst in Ordnung kommt.

– Da oben sieht es verdammt komisch aus, kann ich dir sagen.

Stig stand so plötzlich im Raum, daß Torsten zusammenzuckte. Er konnte nicht begreifen, wie es ihm gelungen war, so vollständig lautlos zurückzukommen. Offenbar hatte Torsten weder Augen noch Ohren für etwas anderes gehabt als seine Kacheln.

– Sieht übrigens prima aus, das hier. Wird gut. Hübsch, mit dem Blau.

– Was ist denn da oben so komisch? Es ist doch zugesperrt.

– Nicht so zugesperrt, daß man es mit einem Taschenmesser nicht aufkriegt. Komm, schau's dir an.

Widerwillig kletterte Torsten von seinem Schemel. Er war jetzt so weit fortgeschritten in seiner Arbeit, daß er sie nur ungern unterbrach. Er hoffte, daß Stig nichts wirklich Unangenehmes entdeckt hatte, etwas, das ihn in seiner Arbeitsruhe stören würde. Vielleicht lag oben eine Leiche? Vielleicht war Sofie K. tot? Ermordet? Und vielleicht würde in diesem Fall sogar der Mörder zurückkommen, um zu entdecken, daß Stickan und Torsten das Geheimnis kannten. Torstens Herz begann hart und angestrengt zu pochen. Es war genaugenommen schon den ganzen Tag nicht in Ordnung, und sein Zustand war nicht besser geworden dadurch, daß er die letzte Stunde wie ein Sklave geschuftet hatte, noch dazu mit diesem Branntwein im Körper.

Und außerdem hatte er nicht die geringste Lust, Stig zu zeigen, daß er Angst hatte.

– Ich komme mit, sagte Torsten. Aber für längere Ausflüge habe ich keine Zeit. Es ist schon spät am Tage, und ich habe hier noch massenhaft zu tun.

Stig war es tatsächlich gelungen, das Schloß von Sofie K.s Wohnungstür mit einem Taschenmesser zu knacken, es war ein altmodisches, einfaches, aber sehr zuverlässiges Modell. Als Junge hatte Torsten auf diese Weise viele Schlösser aufgestemmt. Es kam lediglich darauf an, das Messer so tief hineinzuschieben, daß der Kolben unter dem Druck zur Seite glitt.

Die Tür knarrte und quietschte bedenklich, und Torsten hoffte inbrünstig, daß jetzt keiner unten im Treppenhaus stand und lauschte – es war schon merkwürdig, wie schnell sich in diesem Leben das schlechte Gewissen einstellte.

Hinter der Tür erwartete sie keine Sensation. Das Zimmer, das sich ihnen öffnete, war schmal und fast leer. Altmodische braune Tapeten verstärkten den melancholischen Eindruck. Am Fenster hingen braune Gardinen. Vor einer Wand stand ein Büroschreibtisch mit Rolläden, und davor ein Drehstuhl. Wer auch immer hier zuletzt gehaust hatte, er oder sie hatte das Zimmer offenbar eher als Büro denn als Wohnung genutzt. Torsten war es unangenehm, hier drinnen zu stehen. Zum erstenmal an diesem Tag hatte er das Gefühl, etwas Unerlaubtes zu tun. Es war Stickan, der ihn hineingezogen hatte. Er sehnte sich zurück zu seiner Wand, zu seinem Fliesenkleber und zu seinen vagen Träumereien über einen Winter vor langer Zeit. Hier gab es absolut nichts Produktives zu tun.

– Und was ist hier nun so komisch? sagte er und war

ziemlich verärgert. War es wirklich nötig, mich hier heraufzuschleppen, um ein altes Büro zu besichtigen?

– Aber sieh dir das doch mal an, sagte Stickan und öffnete eine Tür, die Torsten bisher nicht aufgefallen war.

– Tja, das ist wohl die alte Küche.

Es war tatsächlich eine Küche, oder vielleicht sollte man sagen, eine Kochnische. Die Schränke in der trostlosen erbsengelben Farbe der dreißiger Jahre gestrichen, und auf dem Fußboden abgetretenes Linoleum. Es war bestimmt lange her, seit jemand in diesem Spülstein Geschirr abgewaschen hatte. Das Ganze sah nicht viel anders aus als die alte Küche seiner Mutter daheim in Hallstahammar. Sogar ein Küchentisch stand noch da. Schweigend deutete Stig auf einen großen, klobigen Gegenstand, der sich im Halbdunkel unter dem Küchentisch abzeichnete.

– Ein Tresor, sagte Stickan.

Ungläubig ging Torsten darauf zu. Es war ein richtiger, gediegener alter kleiner Geldschrank. Dem Metallschild zufolge war er von den Gebrüdern Ekwall in Göteborg fabriziert worden – vor geraumer Zeit, wie man vermuten durfte. Er war vollständig eingestaubt, schien aber im übrigen intakt, die Tür, die man mit einem massiven Rad, das man offenbar in verschiedenen Kombinationen zu drehen hatte, öffnen mußte, war fest verschlossen. Etwas anderes war ja wohl auch nicht zu erwarten gewesen. Einen Geldschrank ließ man schließlich nicht offen herumstehen.

– Das sehe ich selbst, sagte Torsten.

– Aber verstehst du denn nicht, es könnte doch alles mögliche drin sein!

– Faule Fische wohl kaum. Das würde man riechen.

– Nein, aber Geld. Man kann doch nicht wissen, was

heutzutage alles passiert. Mit all diesen Drogenhändlern und sonstigen Schiebern.

– Da ist doch nichts weiter komisch dran, wenn in einem Büro ein alter Tresor stehenbleibt. Die sind ja schließlich nicht gerade leicht.

– Und wenn er gestohlen ist!

– Glaubst du, es stiehlt ihn jemand und stellt ihn hier oben hin, ohne den Versuch zu machen, ihn zu knacken?

– Sollte man nicht versuchen, ihn zu öffnen?

– Du bist wohl nicht ganz bei Trost. Dann wärst du doch derjenige, der zu stehlen versucht.

Stickan wurde etwas nachdenklich.

– Vielleicht handelt es sich ja um Diebe, die zurückkommen wollen, um ihn zu öffnen.

– Na, in diesem Fall haben wir wohl nichts zu lachen.

– Man könnte ihn unter dem Tisch hervorziehen und versuchen, ihn zu kippen. Dann hört man, ob was drin ist.

Diese Versuchung war auch für Torsten verlockend. Es war nur so, daß sich der verdammte Kasten zwar leicht unter dem Tisch hervorziehen ließ – auf dem Linoleum gab es dabei tiefe Kratzer –, aber so etwas wie ein Kippen zustande zu bringen, war nicht ganz so einfach.

Mit kaltem Schweiß auf der Stirn gelang es Torsten, den Geldschrank leicht anzuwinkeln. Es klang unbestreitbar so, als glitte etwas über seinen Boden, doch es war eher ein einzelner Metallgegenstand als die verheißungsvollen Banknotenbündel, die Stickan vielleicht vermutet hatte.

– Das ist bestimmt der Schlüssel, sagte Stig.

– So vernagelt kann doch wohl kein Mensch sein, daß er den Schlüssel einschließt!

– Außerdem braucht man gar keinen Schlüssel, das siehst du doch; es ist ein Kombinationsschloß.

– Stimmt nicht. Schau, hier drunter ist ein Schlüsselloch!

– Das nützt alles nichts, wenn man die Kombination nicht kennt.

Torsten wischte sich den Schweiß von der Stirn.

– Hör mal, ich glaube, wir sind beide nicht besonders gut im Safeknacken. Am besten, wir stellen diesen Klotz an seinen Platz zurück, bevor es einen Riesenärger gibt, wenn jemand kommt.

Stickan fügte sich, doch er warf sehnsüchtige Blicke zurück in den Raum, bis Torsten die Tür behutsam wieder ins Schloß zog. Die Sonne hatte sich hinter Wolken verzogen, oder war es vielleicht schon der Beginn der Abenddämmerung?

– Weißt du, ich glaube, ich genehmige mir noch einen Schluck, und dann mache ich mit den Wänden weiter, damit ich heute abend vor neun hier weg bin. Abgesehen davon habe ich nicht die geringste Ahnung, wie ich das alles abrechnen soll, wenn sich hier keiner blicken läßt, mit dem man reden kann.

– Vermutlich mußt du die Rechnung mit der Post schicken.

– Aber wohin denn?

– Na, irgendeine verdammte Firma wird es doch geben.

– Ich muß Pentti mal anrufen, den Finnen. Der muß schließlich Bescheid wissen.

– Wenn in dem Tresor eine Million oder so etwas läge, bräuchtest du überhaupt nicht mit ihm reden.

– Da hast du recht. Natürlich. Aber so was passiert nicht in der Wirklichkeit, verstehst du. Magst du noch etwas Wurst? Was würdest du denn mit einer Million machen, wenn du sie hättest?

Stickan machte ein unschlüssiges Gesicht.

– Wieder ein eigenes Unternehmen starten? Und Steuerschulden kriegen, und ständig Ärger mit den Behörden und der Gewerkschaft und den Formularen und dem ganzen Kram?

– Ich glaube, dazu bin ich zu alt, sagte Stickan.

– Oder womöglich nach Spanien ziehen? Dahocken und sauren, widerlichen Wein trinken und auf einen Strand starren, an dem du nicht baden willst, weil du schon genau weißt, wie sich das anfühlt? Nein, mein Lieber, für uns ist es wohl ein bißchen zu spät.

Stickan sah etwas kleinlaut aus.

– Von dieser Million träumst du ja nur, damit du dir nicht eingestehen mußt, daß dieses Geld nicht viel ändern würde. Vor dem Alter und dem Ende fürchtet man sich doch nur, wenn man sicher ist, daß mit Geld alles viel interessanter und glücklicher wäre als ohne. Aber wenn du nicht darauf bestehst, deine Million zu kriegen, stirbst du leichter.

Stickan schien kein bißchen überzeugt.

– Ich hätte wenigstens ein neues Auto kaufen können statt der alten Klapperkiste, die ich habe. Wie du weißt, ist sie heute noch nicht mal durch die Inspektion gekommen!

– Ja, das wäre immerhin etwas.

Endlich durfte Torsten seine Hand nach dem Eimer mit dem Fliesenkleber ausstrecken. Er war froh, daß die Masse noch nicht völlig erstarrt war.

Bromsten werde ich nie wieder los

Es ging nun langsamer voran. Aus welchem Grund auch immer. Vielleicht lag es daran, daß man jedesmal vom Hocker heruntersteigen mußte, um sich eine neue Kachel zu holen und sie mit dem Fliesenkleber zu bestreichen. Hätte man ein Gerüst gehabt, hätte man mehrere Kacheln auf einmal nehmen können. Aber schließlich war ja auch Stickan noch da. Der könnte doch ein bißchen helfen. So schwer war es schließlich nicht zu lernen, wieviel Kleber auf eine Kachel kam.

– Komm jetzt, Stickan, hilf mir.

– Okay.

– Du siehst, wieviel du drauftun mußt?

– Okay.

– Warum sagst du immerzu »Okay«?

– Das haben wir immer in Amerika gesagt.

– Aha.

– Wenn ich in einem alten Geldschrank eine Million fände, würde ich wieder ein Fuhrunternehmen kaufen. Ein Fuhrunternehmen ist das Beste, weißt du.

– Meinst du, du würdest heutzutage für eine Million Kronen ein Fuhrunternehmen kriegen?

– Wäre Bromsten nicht dazwischengekommen, hätte ich jetzt ein mehrere Millionen schweres Fuhrunternehmen.

– Wie ist er denn dazwischengekommen?

Stickan schien die Frage zunächst zu überhören. Er hatte eine Art, den Kleber auf den Kacheln zu verteilen, als würde er Butterbrote schmieren, und das war ein wenig irritierend. Aber Torsten beschloß, es nicht zu kommentieren.

– Ich hätte ihn abknallen sollen, diesen Schuft! Abknallen wäre das einzig Richtige gewesen!

– Aber was hat er denn so Schreckliches gemacht?

– Kurz nach dem Krieg, nein, es muß Anfang der fünfziger Jahre gewesen sein, war ich Lastwagenfahrer für einen alten Kerl, der in Lisjö ein Fuhrunternehmen hatte. Autofahren hatte ich beim Militär gelernt. Dieser Alte in Lisjö, er hieß übrigens Ivarsson, hat viele Transporte für Baustellen gemacht, und Baustellen gab es viele, Anfang der Fünfziger. Später sind wir öfter für eine Brauerei in Ramnäs gefahren, wenn ihr Fahrer im Sommer nicht nachkam. Aber meistens waren es Fuhren für Baustellen; Sand und Kies. Es wurde so verdammt viel gebaut damals, besonders in der Gegend von Västerås, daß man manchmal fast Tag und Nacht fahren mußte. Und das war ja nicht immer ganz einfach. Die Straßen waren damals anders als jetzt.

Bromsten, weißt du, war ein Widerling.

Bromsten hat mir sehr weh getan.

Bromsten war wie sein Name.

Er hatte die Fähigkeit, alles zu bremsen.

Er hatte so eine besondere Art, einen anzusehen, als ob alles, was man vorschlägt, lächerlich wäre. Und wenn er merkte, daß einem irgendwas wichtig war, zum Beispiel seine kleine Elin, die Tochter, ein liebes, schüchternes Mädchen, das sich meist in der Küche aufhielt, weil Bromsten es haßte, in die Küche zu gehen, ja, dann wurde er besonders ekelhaft.

Er konnte lange, absonderliche Geschichten erfinden, um einen daran zu hindern, sie zu treffen. Wenn sie nicht gerade die Masern hatte, dann war es irgendeine Tante in Lisjö, um die sie sich kümmern mußte. Ich konnte sie sehen, in ihrem weißen Kleid mit den blauen Punkten, wie sie zwischen den Himbeersträuchern herumging, während wir redeten, sie war so nah, daß ich mich frage, ob sie nicht sogar hörte, was er sagte. Glaub mir, es hätte ihn nicht im geringsten gestört. Im Gegenteil, er genoß es, dieses Ekel. Er war so ein Typ, dem es Spaß machte, andere um den Finger zu wickeln.

– Du hättest ihm die Meinung sagen müssen.

– Natürlich. Das Schlimmste war, daß ich ihm nicht die Meinung sagen konnte. Ich hätte den Schuft am liebsten abgeknallt, aber die Meinung sagen, das konnte ich nicht. Ich habe es eigentlich noch nie gekonnt. Das ist mein größter Fehler. Ich stehe da wie ein Idiot und balle die Faust in der Tasche. Und phantasiere, was ich alles machen will, knallhart und endgültig. Aber ich phantasiere eben nur.

Sie hat mich gebeten, sie von da wegzuholen. Und ich habe oft daran gedacht, es zu tun, aber irgendwie wurde nichts daraus. Dann, als der verdammte Bromsten merkt, daß er bei mir nichts erreicht, und bei ihr im übrigen auch nicht, schlägt er mir vor, wir sollten Kompagnons werden. Ein Fuhrunternehmen war damals ein gutes Geschäft; wie gesagt, es war mitten im Bauboom. Er kauft also noch einen Wagen, und wir legen los. Und als es dann so richtig floriert, schmeißt dieser Scheißkerl mich raus und nimmt mir alles weg. Frau und Fuhrunternehmen und alles Drum und Dran.

– Aber wie war das möglich?

– Tja, das ist eine verdammt lange Geschichte. Zuerst hat er Elin gegen mich aufgehetzt. Dieser Widerling stänkert gegen mich, sagt ihr, ich würde zuviel trinken. Klar, ich hab schon ein bißchen getrunken, aber wer zum Teufel hat das nicht gemacht. Immerhin gab es keine Verkehrsunfälle, keine Probleme. Ich habe etwas zuviel getrunken. Aber dieser Scheißkerl geht zum Amt für Alkoholmißbrauch, hetzt mir die Behörden auf den Hals und sorgt dafür, daß man mir den Führerschein abnimmt.

– Und Elin?

– Weiß der Himmel, was in sie gefahren ist. Sie war es gewöhnt, zu gehorchen. Sie hatte keinen eigenen Willen. Ich habe sie gehen lassen. Ja, ich habe alles fahrenlassen.

– Und bist dann nach Amerika gegangen?

– Ja, dann bin ich nach Amerika gegangen. Ich habe mit dem Trinken aufgehört. Stell dir vor. Ich habe wirklich mit dem Trinken aufgehört. Und bei der Pfingstbewegung war ich, habe gepredigt und alles, was dazugehört. Eigentlich war es eine glückliche Zeit, das kann man wohl sagen. Aber ich hatte nie das Gefühl, so ganz ich selbst zu sein. Aber sag mal, dazu möchte ich wirklich deine Meinung hören: Glaubst du, daß es böse Menschen gibt?

– Naja, kommt drauf an. Wenn du an Hitler und Stalin denkst...

– Hitler und Stalin! Da pfeif ich doch drauf. Die sind schließlich beide tot. Gibt es sie oder gibt es sie nicht?

– Gibt es was?

– Böse Menschen, hab ich doch gesagt.

– Kommt doch drauf an, was man damit meint.

– Glaub mir. Es gibt böse Menschen. Du meinst, ich hacke auf diesem Bromsten rum, wie? Dies und das würde ganz anders aussehen aus Bromstens Perspektive? Ich versichere dir, so etwas wie Bromstens Perspektive gibt es nicht. Aber wenn du nicht willst, daß wir über Bromsten reden, können wir gern etwas anderes nehmen. Um die Wahrheit zu sagen: böse Menschen sind nicht einmal selten. Jetzt hör mir mal zu, ich will dir was erzählen:

Damals kam es ein paarmal im Jahr vor, daß ich zum Pflegeheim in Tystberga fuhr. Mit Nahrungsmitteln und Milchflaschen und allerhand Kram. Lauter Sachen, die in die Küche gehören, und die ich meistens allein hineinschleppen mußte.

Es war nämlich ein Pflegeheim für Schwachsinnige.

Es passierte nicht oft, daß bei denen jemand von draußen auftauchte. Es waren Menschen, die nicht mehr wegkamen, von Kind an Schwachsinnige, Idioten, die allein völlig hilflos waren. Einige waren von Geburt an behindert, andere, oft sehr alte Leute, wußten nicht mehr, wo sie waren und wer sie waren. Sie saßen auf den Korridoren herum oder bewegten sich langsam wie Vieh durch die Zimmer.

Ich glaube, es war äußerst selten, daß mal ein Angehöriger zu Besuch kam. Jedenfalls habe ich nie einen gesehen. Die Leute dort waren Menschen, die man abgestellt hatte, die ganze Welt hatte sie abgestellt. Und sie kannten keine andere Welt.

Das Schlimme, weißt du, war die Art, wie die Pfleger sie behandelten. Nachmittags hatten sie Kaffeepause, und dieser Kaffee war für die meisten ungeheuer wichtig. Er war warm und schwarz und süß. Besonders die Zuckerdose war ihnen wichtig.

Aber der Zucker wurde ihnen ganz genau zugeteilt. Man durfte sich nicht einfach nehmen. O nein. Um ein zusätzliches Stück Zucker zu bekommen, mußten die armen Schwachsinnigen irgendwelche Kunststücke machen, die sich die Pfleger ausdachten. Über einen Stock springen, den sie immer höher hielten. Ihn auf der Nase balancieren. Verstehst du – sie behandelten diese Menschen, als wären sie Hunde. Und sie schämten sich keine Sekunde dafür. Sie lachten, als ich zuschaute, und überboten sich bei dieser gräßlichen Dressur, bloß weil ich da war.

Mir kamen die Tränen, aber wie üblich konnte ich nicht widersprechen. Stehenbleiben konnte ich auch nicht. Ich konnte überhaupt nichts.

Die Bösen sind ziemlich gewöhnliche Menschen, stimmts?

Es ist nichts Komisches oder Besonderes an ihnen. Jeder versucht, an den Bösen etwas Besonderes zu finden. Sie sind *krank* oder *pervers* oder weiß Gott was. Aber das stimmt nicht! Es ist, als würden sich alle wahnsinnig anstrengen, etwas zu verbergen und zu verleugnen, was sie sehr genau kennen.

Verdammt, manchmal denke ich, ich habe den Alten tatsächlich getötet. Aber das ist vielleicht bloß etwas, was ich mir einbilde. In der Phantasie habe ich ihn so oft vom Rand seiner Sandgrube hinuntergestoßen und seine widerliche Hand als letztes aus dem Sand ragen sehen, daß es mir manchmal so vorkommt, als hätte ich es wirklich getan.

Glaubst du, daß ich den Alten hinuntergestoßen haben könnte?

Torsten schwieg lange. Dann sagte er bedächtig:

– Nein. Das glaube ich ganz und gar nicht.

Er ging mit entschlossenen Schritten in die Küche und öffnete die Tür des Kühlschranks. Es war natürlich so, wie er vermutet hatte. Von den Branntweinflaschen war nichts mehr zu sehen.

Möchte bloß wissen, was er mit den leeren Pullen gemacht hat. Die letzte hat er natürlich versteckt. So geht das bei ihm. Er versteckt die letzte, wie ein Hund, der seine Knochen verbuddelt. Aber ich denke nicht dran, herumzurennen und zu suchen.

Von der Wurst hingegen war noch ein Stück übrig. Torsten nahm den Zipfel nachdenklich in die Hand und fing an, darauf herumzukauen. Sie schmeckte nicht besonders, aber Würste waren selten gut heutzutage.

Habe ich es doch geahnt. Während ich einen Schluck genommen habe, oder meinetwegen auch zwei Schlückchen, hat dieses Schlitzohr in aller Stille den Rest ausgetrunken. Es war ein Fehler, ihn mit hierherzunehmen. Er lügt sich immerzu selbst in die Tasche. Wenn ich sagen sollte, was ich *wirklich* glaube, dann hat es weder diesen Alten noch das Mädchen je gegeben. Sandgruben im Wert von Millionen! Lächerlich! Fuhrunternehmen, so ein Quatsch. Ihm hat nie ein Wagen gehört. Er hat das alles erfunden, weil er einen Sündenbock braucht. Ein verbittertes Gemüt, dieser Kerl. Vor den Verbitterten muß man sich in acht nehmen. Die sind ansteckend. Die Welt ist voll von Verlierern, die die Niederlage geradezu suchen. Als bräuchten sie sie zum Leben. In diesem verdammten Spukhaus gibt es jetzt zum Beispiel eine Wand mit Kacheln, die gestern noch nicht da waren. Ich habe sie bald fertig gekachelt, und ich habe es prima gemacht. Kein Luxushotel, das nicht eine solche Wand im Pissoir haben könnte.

Ich weiß nicht, ob ich je einen Lohn für meine Arbeit bekomme. Ich weiß nicht einmal, ob ich diesen Auftrag zu Ende führen werde. Und ich weiß nicht, für wen ich gearbeitet habe und ob dieser jemand meine Arbeit schätzen wird. Vielleicht wird derjenige, der hier einzieht, die Farbe nicht mögen. Vielleicht hätte er lieber kleine Kacheln gehabt; wie man sie in den fünfziger Jahren hatte. Aber ich habe immerhin etwas vollbracht.

– Du, auf dem Fußboden ist Wasser. Es muß irgendwo auslaufen, sagte Stig. Es ist viel mehr als vorhin.

– So ein Mist. Ich dachte, ich hätte es abgestellt. Nimm doch bitte den Lappen da und wisch ein bißchen auf.

Die Versuche, die Stig mit dem Wischlappen machte, wirkten nicht besonders energisch. Es sah aus, als würden ihn langsam die Kräfte verlassen. Allerdings war mit dem Lappen auch nicht viel Staat zu machen. Eine große Hilfe war er jedenfalls nicht. Torsten marschierte in die Küche. Seine Schuhe hinterließen diesmal besonders deutliche Spuren, aber das war ihm scheißegal. Er bückte sich hinunter zum Haupthahn neben der Spülmaschine. Die Rohrzange lag da, wo er sie abgelegt hatte. Er setzte sie so fest an, daß ihm wieder der kalte Schweiß auf die Stirn trat, aber der Hahn hatte nicht den geringsten Spielraum. Er war so fest zugedreht wie nur möglich. Es muß Wasser gewesen sein, das in den Rohren gestanden hat, tröstete er sich.

Vom Küchenfenster aus sah er über den Baumwipfeln einen roten Drachen, der hoch und fast reglos im Wind stand. Es war angenehm, manchmal an etwas anderes denken zu können. Torsten hatte selbst einmal einen roten Drachen besessen, hatte ihn selbst gebastelt, aber schon beim ersten Versuch war er in einem der hohen Ahornbäume am Knektbacken in Hallstahammar hängengeblieben. Einen ganzen Nachmittag lang hatte er sich, zur unverhohlenen Schadenfreude der Nachbarjungen, mit langen Stöcken und mit Steinen abgeplagt, die den Drachen so treffen sollten, daß er herabfiel, aber statt dessen an den unmöglichsten Stellen herunterkamen, nur der Drachen blieb, wo er hing. Noch im nächsten Winter, als er zu alt war, um mit Drachen zu spielen (und bereits angefangen hatte, in dem Feinkostladen zu arbeiten, der an der Frontseite von Clasons Haus lag), hing der Drachen zerfetzt und jämmerlich in der Krone des Ahorns. Wie ein gestrandeter Vogel. Das Schöne an den Drachen war, daß man an zwei Stellen zugleich sein konnte. Unten auf dem Boden und hoch da oben. Man konnte auf sich selbst hinunterschauen, und war dann nur ein kleines, emporgewandtes Gesicht, ein kleiner rosa Fleck, der auf wundersame Art die dünne Schnur hielt.

– Nein, er hat das alles zusammengeschwindelt, sagte sich Torsten noch einmal.

In diesem Augenblick läutete es an der Haustür. Es war ein Läuten, das nichts Gutes verhieß.

Seltsames Zwischenspiel

Das Läuten an der Tür wollte nicht aufhören. Wer es auch sein mochte, es war offenbar jemand, der wirklich ein Anliegen hatte.

Stickan war nicht aufzufinden, und der Verdacht, daß er natürlich wieder oben war und an dem alten Tresor rüttelte, war nicht von der Hand zu weisen. Gab es denn für die kindischen Hoffnungen der Menschen keine Grenzen? Oder hatte er sich ganz einfach in irgendeiner ruhigen Ecke schlafen gelegt? Dieses ganze Geschwätz über Bromsten hatte unbestreitbar ziemlich angesäuselt geklungen.

Torsten Bergman hatte immer noch den triefnassen Lappen in der Hand, mit dem er ebenso vergeblich versucht hatte, das Wasser vom Boden des Badezimmers aufzunehmen. Es schien eher mehr als weniger Wasser nachzukommen. Aber warum derjenige, der draußen vor der Tür stand und läutete, nicht versuchte, die Tür zu öffnen, die so unverschlossen war wie eh und je, war ihm unbegreiflich.

Während er sich aufmachte, um die Tür zu öffnen, gingen ihm eine Reihe von unangenehmen Möglichkeiten durch den Kopf. Doch keine seiner Erwartungen erfüllte sich.

Vor der Tür stand eine kräftige, rotblonde Frau mit einem weinenden Kind auf dem Arm und einem weiteren an der Hand; sie waren ungefähr zwei und fünf Jahre alt. Torsten fiel es mittlerweile schwer, das Alter von kleinen Kindern zu bestimmen. Das blaue Kleid der Frau wirkte adrett und frisch gebügelt und hatte kurze Ärmel. Ihre muskulösen Arme waren von Sommersprossen übersät. Was um Himmels willen mochte diese Person bloß wollen? Aus irgendeinem Grund schien sie äußerst begierig, ins Haus zu kommen, und Torsten war so verdattert, daß er nicht einmal nach dem Grund fragte. Höflich hielt er ihr die Tür auf, und sie zögerte keinen Moment, einzutreten.

– Jaa?

Sie schaute sich im Flur um und machte ein paar schnelle Schritte auf das Wohnzimmer zu, als sei sie auf der Flucht vor etwas oder jemandem. Dann schaute sie Torsten starr in die Augen – ihre Augen waren hellblau und etwas streng.

– Telefon?

– Nein. Hier gibt es kein Telefon. Es ist noch längst nicht alles installiert. Und es dauert bestimmt noch eine Weile, bis es hier ein Telefon gibt. Falls das je der Fall sein wird.

– Aber ich brauche ein Telefon. Es ist dringend.

Man kann nur hoffen, daß das kein Trick ist, dachte Torsten. Es soll ja Leute geben, die sich unter solchen Vorwänden bei alten Leuten einschleichen, um sie auszurauben. Aber hier gibt es bei Gott nicht viel zu stehlen. Es sei denn, die große Pulle im Kühlschrank, aber die ist ja nun tatsächlich leer. Nein, zu stehlen gibt es hier wirklich nichts. Und wenn sie mich ausrauben will, dann ist sie an den Falschen geraten, soviel ist klar. Aber warum tropft bloß dieses verdammte Wasser im Bad? Wie soll ich sie bloß wieder loswerden? Und wie lange wird es dauern, bis das Wasser über die Schwelle kommt?

– Aber wir haben hier kein Telefon.

– Ich brauche unbedingt ein Telefon. Ich muß mit meinem Mann reden.

Statt irgendwelche Erklärungen abzugeben, setzte die Frau den Zweijährigen auf den mittlerweile ziemlich verschmutzten und nur teilweise mit Papier ausgelegten Parkettboden und ließ das ältere Kind von der Hand, das sich rasch hinter ihrem Rücken verbarg. Wo steckte bloß dieser verdammte Stickan?

Womöglich waren sogar die Bullen hinter ihr her? Torsten erinnerte sich, wenn auch ziemlich vage, an Schlagzeilen der Abendzeitungen über Ausländer und an Flüchtlinge, die sich in Kirchen und Häusern vor der Ausländerpolizei versteckt hatten. Oder war es vielleicht so, daß ihr Mann sie verfolgte? Vielleicht kam er jeden Moment hier an und machte ein Riesenspektakel? Torsten überlegte, daß er vielleicht doch ein bißchen freundlicher sein sollte. Er versuchte, den kleinen Jungen mit winkenden Handbewegungen hinter dem Rücken der Mutter hervorzulocken. Die Hüften der Mama waren wirklich prachtvoll, aber der Junge zog es vor, sich versteckt zu halten.

– Hier gibt es kein einziges Telefon, wiederholte Torsten. Bedaure.

Er war nicht sicher, ob sie Ausländerin war oder nicht. Doch irgendein Problem mit dem Verstehen hatte sie offenbar. Torsten fühlte seine Entschlossenheit weichen:

– In der Nachbarschaft gibt es einen Mann namens Petterson. Er ist sehr hilfsbereit. Er hat uns eine Schubkarre und zwei Schaufeln geliehen. Ich möchte fast annehmen, daß er Sie auch telefonieren läßt, wenn mein Kollege mitgeht und mit ihm redet.

Während er sprach, und für Torstens Verhältnisse war

dies eine ungewöhnlich lange Ansprache, musterte er das Gesicht der Frau. Es war kaum das Gesicht von jemand, der ihm an die Brieftasche wollte. Es war ein großes, offenes Gesicht. Die beiden hellblauen Augen blickten ihm mit einer gewissen Festigkeit entgegen, eines jedoch war von dunklen und gelblichen Schatten umgeben. War sie im Dunkeln gegen eine Tür gerannt, oder hatte sie jemand geschlagen? Es war eigentlich das Gesicht eines starken Menschen, es war etwas zu breit, doch sehr offen, und es wirkte irgendwie ratlos. Diese kühlen blauen Augen sahen müde aus. Als hätten sie das Schlimmste gesehen. Und jetzt betrachteten sie ihn.

Es war nicht zu leugnen, daß er sich diesem Betrachtetwerden für einen Augenblick völlig ausgeliefert fühlte. Er hatte nicht viel dagegen einzuwenden. Es kam so selten vor, daß ihn jemand gründlich musterte, und er konnte sich gar nicht erinnern, wann ihm das zum letztenmal passiert war. Er strich sich mit der Hand über die Bartstoppeln. Heute morgen war ihm keine Zeit zum Rasieren geblieben; nur etwas kaltes Wasser hatte er sich ins Gesicht gespritzt. Und vorgestern war es vielleicht genauso gewesen. Vorgestern lag so weit zurück, daß er keine Ahnung hatte, wie dieser Tag verlaufen war. Und ausgerechnet jetzt, gerade als er wieder zu seiner Wand zurückkehren wollte, mußte dieser Besuch kommen. Meine Wand, die einzige Wand, die ich seit langer, langer Zeit gemacht habe. Das einzige, was diesem elenden Tag einen Sinn gegeben hat.

Und jetzt würde sie wohl nie mehr fertig werden.

– Es ist eine Schande, er hat mich und die Kinder ausgesperrt, und er weigert sich, uns wieder reinzulassen. Das einzige, was hilft, ist, wenn ich mit ihm rede. Vor der

Tür stehen und klopfen hilft überhaupt nichts. Deshalb brauche ich ein Telefon.

Torsten zögerte lange, so lange, daß das kleinste Kind anfing zu schreien, was den Meinungsaustausch nicht gerade erleichterte. Wenn doch bloß der verdammte Stickan jetzt käme und ihm Hilfestellung leistete.

Besonders ausländisch jedenfalls war sie wohl nicht. Daß sie so lange brauchte, bis sie etwas kapierte, mochte daran liegen, daß sie so erschöpft war. Vielleicht hatte sie lange nicht geschlafen?

– Ich weiß nicht, sagte Torsten zögernd. Wenn es so schlimm steht, sollten Sie vielleicht besser irgendeine Behörde anrufen?

Die Frau lachte kurz und spitz auf. Torsten biß sich auf die Lippen. Als ihm seine Worte entschlüpften, war ihm sofort klar: es war kein besonders guter Rat. Um so weniger, als er von ihm kam. Er selbst würde lieber verhungern, seinen Zaun daheim mit Stacheldraht versehen und hungrige Schäferhunde in seinem verschandelten Garten loslassen, als irgendwelche verdammten Behörden zu empfangen. Mit einem Schauder erinnerte er sich daran, wie es ihm bei der Volkszählung im letzten Jahr ergangen war. Sie schüttelte den Kopf und ging auf die Haustür zu, ohne jedoch die Kinder mitzunehmen. Die saßen nun beide auf dem Boden und brüllten aus vollem Hals. Stickan, der wohl tatsächlich oben gewesen war, um den wunderbaren Tresor zu erforschen, kam die Treppe herunter, und zwar, wie es schien, langsam und schwankend. Er war auffallend bleich. Ob er sich etwa an dem verflixten Geldschrank verhoben hatte?

Ihm geht es nicht gut, dachte Torsten. Irgendwas stimmt ganz und gar nicht mit ihm, aber ich weiß nicht, was. Er hielt sich den Kopf, als tue er ihm weh. Oder war es nur, daß er seinen eigenen Augen nicht mehr traute, als er die hochgewachsene Frau mit den beiden Kindern sah?

– Wie geht's denn so? sagte Torsten.

– Nicht besonders. Eine Weile ging es mir ziemlich mies. Aber jetzt ist es schon besser.

– Ich habe dir doch gesagt, du sollst nicht an diesem verdammten Geldschrank rumzerren. Das ist alles Unsinn.

– Wer ist sie? Was sind das für Kinder? Was will sie?

– Sie will telefonieren. Aber wir haben kein Telefon. Man hat sie ausgesperrt.

Er betrachtete gedankenverloren das kleinste Kind, das immer noch schrie, daß es in den Ohren dröhnte.

– Armer Kleiner! Wie schwer haben es doch die kleinen Kinder! Sie können ja noch nicht mal fluchen.

Das Kind verstummte, als habe es etwas begriffen, zog seine Mutter an den Haaren und schenkte Stickan plötzlich ein strahlendes Lächeln. Doch der hatte gerade keine Augen für das Kind, sondern fuhr in seinen Gedankenbahnen fort, als falle es ihm tatsächlich schwer, sie zu verlassen:

– Weißt du, dieses Haus ist wirklich nicht geheuer. Immerzu entdecke ich neue Merkwürdigkeiten. Unheimlich! Gott allein weiß, ob wir es lebend wieder verlassen. Und was machen plötzlich all diese Kinder hier? Und wozu braucht diese Frau ein Telefon? Hat sie nicht selbst eins?

Und mit einem weiteren Blick auf die Kinder – der Junge hatte sich wieder hinter der Mutter versteckt und schaute nur hin und wieder vorsichtig hervor – fügte er hinzu:

– Vielleicht sind sie hungrig?

– Hier gibt es nichts mehr zu essen. Und übrigens auch nichts zu trinken. Aus irgendwelchen unerfindlichen Gründen.

Die Frau steuerte jetzt mit einer energischen Bewegung auf die Haustür zu und zog den Jungen an der Hand hinter sich her.

– Verdammt, so geht das doch nicht! Das ist doch unmöglich, zum Teufel! So können wir sie doch nicht gehen lassen! Soll ich nicht wenigstens rauslaufen und nachsehen, wohin sie jetzt geht?

– Okay, sagte Torsten. Ich bleibe hier. Du läufst ihr nach und kümmerst dich um sie. Oder sollen wir es besser umgekehrt machen?

– Nein, zum Teufel, ich muß sie nur einholen.

– Ja ja. Nur nichts überstürzen.

– Werden wir denn nie mehr fertig mit diesem verdammten Fliesenlegen?

– Das habe ich mich auch schon gefragt. Los jetzt! Sonst entwischt sie dir noch.

Der Mann mit den Goldfischen

Sie ging mit ihren Kindern den Gartenweg hinunter, schimpfte vor sich hin und drohte den Leuten, die sich in anderer Leute Häuser herumtrieben, und allen Trunkenbolden und Sittenstrolchen. Sie mußte unbedingt jemandem erzählen, wie es zuging da drüben in dem Viertel. Was für Typen heutzutage Häuser renovierten! Sie hatte keine Ahnung, wohin sie sich jetzt wenden sollte. Mit dem kleinen Kind auf dem Arm stand sie zögernd vor der Hecke. Der ältere Junge warf dem Haus einen letzten Blick zu. Die lustigen alten Onkels hatten ihm gefallen. Solche Typen hatte er noch nie gesehen. Mit Stig hätte er gern gespielt. Er ging so langsam, daß seine Mutter ihn ermahnte, und schaute sich immer wieder sehnsüchtig nach Stig um.

Sie wußte nicht, ob sie umkehren oder weiter die Straße hinuntergehen sollte. Je länger sie ausblieb, um so zorniger würde er sein. Aber wenn sie zurückkäme, würde er ihr die Tür nicht aufmachen, sondern sie noch einmal vor den Nachbarn demütigen (gräßliche Nachbarn mit kalten, neugierigen Augen), indem er sie einfach draußen stehen und gegen die Tür hämmern ließ. Vielleicht würde der Kleine wieder zu schreien anfangen? Und die Nachbarn wieder mit der Polizei drohen? Und Polizei bedeutete, daß man ihr die Kinder wegnehmen würde, um sie der Sozialfürsorge zu übergeben. Womöglich würde sie ihre Kinder nie wiedersehen. Diese Nachbarn waren zu allem imstande, soviel stand fest. Hatte nicht dieser lange Lulatsch von gegenüber schon einmal gebrüllt: »Paß auf deine Kinder auf, verdammte Ausländerin.« Dabei stammte sie aus Tornedalen und sah nur so fremd und dunkel aus, aber Erklärungen halfen da wenig. Waren alle Menschen »verdammte Ausländer«, die nicht in dieser trostlosen uppländischen Lehmebene geboren waren? Was war denn bloß so Besonderes daran, von hier zu stammen?

Telefonieren: was würde das überhaupt nützen? Genausogut könnte sie alles liegen- und stehenlassen, in den Fluß gehen, in das eiskalte Wasser, und spüren, wie es über ihrem Kopf zusammenschlug. Aber sie war nicht einmal sicher, ob es ihm dann leid tun würde. Alle Türen waren verschlossen, ja, nicht einmal der Weg des Todes hatte eine richtige Öffnung. Nur etwas Dunkles, das vielversprechend aussah, weil man nicht wußte, was einen dort erwartete. Auch sie hatte ihre Lektion gelernt.

Er hatte keine Schwierigkeiten, sie zu finden. Sie ging mit langsamen, aber entschlossenen Schritten, gegen den Wind gebeugt, der ihr jetzt kalt entgegenblies. Obwohl sie eine hochgewachsene Frau war, hatte sie offenbar kurze Beine. Den kleinen Jungen schleifte sie fast hinter sich her. Und Stig überkam das Gefühl, einen so total hoffnungslosen Menschen – einen Menschen so ohne jede Hoffnung – in seinem ganzen Leben noch nicht gesehen zu haben. Woher diese ganze Hoffnungslosigkeit bloß kam?

Für einen Augenblick kam es ihm so vor, als sei die Hoffnungslosigkeit das einzige, was die Menschen wirklich verband. Alles andere war Zufall und konnte jederzeit davonfliegen.

– Okay, sagte Stig. Wohin gehst du jetzt? Gehst du nach Hause oder auf und davon?

– Ich weiß es nicht mehr, sagte die Frau.

– Wie heißt du, sagte Stig.

– Seija. Aber was soll's!

– Torsten und ich haben beschlossen, daß ich mit dir gehe und versuche, dir zu helfen. Deinen Mann zur Vernunft zu bringen, sozusagen. Du kannst doch hier nicht so herumlaufen, mit den kleinen Kindern. Schließlich ist es Herbst, und verdammt kalt und feucht in den Straßen. Du wirst dir eine Erkältung holen.

– Ich weiß nicht, ob du das schaffst. Du siehst ziemlich alt und klapprig aus. Ich frage mich, ob du dich nicht lieber um deine eigenen Angelegenheiten kümmern solltest. Was hast du eigentlich in diesem Haus da zu schaffen?

– Tja, wenn ich das wüßte. Es ist nicht mein Job. Es ist seiner. Torsten Bergmans. Ich kenne ihn von früher und habe ihm für eine Weile Gesellschaft geleistet, weil es so langweilig war, zu Hause zu sitzen. Ich habe den Verdacht, daß er auch nicht so genau weiß, was wir eigentlich machen. Ein Badezimmer soll gekachelt werden. Das ist der Auftrag. Und das machen wir gerade. Und die Küche offenbar auch. Aber das Komische ist, daß weder mein Kumpel noch ich den ganzen Tag irgendeinen Menschen gesehen haben. Ich weiß nicht, ob ich überhaupt noch Lust habe auf diesen Job. Es tut gut, an die frische Luft zu kommen, kann ich dir sagen. Das Haus ist irgendwie sonderbar. Und es kommt auch keiner hin und sagt uns, was wir machen sollen. Das müssen wir uns alles selber ausdenken. Sind wir jetzt auf dem richtigen Weg? Gehen wir zu dir nach Hause, damit ich deinen Mann zur Vernunft bringen kann?

– Im Moment gehen wir nirgendwo hin. Du siehst doch, daß der Junge nicht mit will. Er ist zu müde.

– Soll ich ihn auf die Schultern nehmen? Willst du auf meinen Schultern reiten? Da oben, hoch da oben. Von da aus siehst du alles viel besser. Ja. Wirklich.

Für Stig war das alles nicht so einfach, wie es aussah. Er hatte nie Kinder gehabt, da seine Frauen stets dazu neigten, ihn zu verlassen, bevor solche Abenteuerlichkeiten zur Debatte standen. Genaugenommen konnte er sich nicht erinnern, daß er als Erwachsener je mit Kindern umgegangen wäre.

Und die einzigen Erinnerungen, die er an Kinder hatte, waren die ewigen Prügeleien. Vor dem alten Haus in der Arbeitersiedlung in Hallstahammar, auf dem Schulhof, überall gab es ein ständiges Gerangel und Gebalge, um Bälle, um einen gerade entdeckten toten Spatzen, um alles. Stig hatte sich selbst niemals als Kind in Erinnerung. Er hatte das Gefühl, unmittelbar nach der Geburt gleich in die Volksschule gekommen zu sein (die ihm im Gedächtnis war als Kreidegeruch, dröhnendes Schneuzen des Lehrers in ein buntes Taschentuch und spannende Farbtafeln von P. A. Norstedt & Söhne mit Steinzeitmenschen und mittelalterlichen Rittern. Mit solchen Dingen hatte man sich offenbar in der Schule zu beschäftigen. Und dann hieß es, als Lehrling in die Bolzenfabrik zu gehen, und das war ein abscheulicher Ort, wo ihn allein schon der Krach erschreckte und ältere Kameraden mit den Lehrlingen dumme Scherze machten. Man schickte sie zum Werkmeister, um Augenmaß zu holen, und was es sonst noch an Unfug gab.)

Jetzt stand er da, müde und kläglich und mit nicht unerheblichen Kopfschmerzen (die im Takt mit dem Puls pochten), auf der Straße, und wußte nicht wohin und wie er das Problem anpacken sollte, das man ihm so unvermutet aufgehalst hatte. Trotzdem war er froh, es zu haben.

Zu seinem aufrichtigen Erstaunen machte es sich der Junge auf seinen Schultern bequem, so bequem, daß Stig fast den Eindruck bekam, der Junge habe ihn gern.

Seltsame Natur mit ihren Samen, die wuchsen, ihren Herzblättern, die sich mit der immer gleichen blinden Zuversicht teilten, ob sie nun in einem Asphaltriß auf der Autobahn gelandet waren oder in einem Gartenbeet. Hatte das nicht etwas Entsetzliches? Oder mußte es vielleicht so sein. Wenn die Menschen selbst entscheiden könnten, wo und wann sie geboren wurden, dann würde vielleicht gar niemand mehr geboren? Das Leben diente offenbar überhaupt nicht den Zielen des Menschen, soviel stand fest. Man fand es, wo man es fand, und machte daraus, was man konnte. Aber daß man existierte, daß man da war, kam tatsächlich lange bevor man wußte, was man daraus machen sollte. Das war das ganze Problem: man hatte nicht darum gebeten. Und dann mußte man sich ausdenken, was man daraus machte.

Wollen wir jetzt ein bißchen reiten?

Mit einiger Anstrengung kam Stig in Fahrt. Eines war klar, die Kopfschmerzen wurden nicht besser von der Bürde. Plötzlich kam ihm eine sehr deutliche Erinnerung daran (die mitten durch die Kopfschmerzen stieß und leuchtete wie eine kleine Sonne), wie es gewesen war, als er auf den Schultern seines Vaters gesessen hatte. Um irgendwas zu sehen. Gott weiß was. Ein Blasorchester vielleicht, das die Fabrikstraße entlangzog? Und dieses Gefühl von Geborgenheit, daß jeder kleine Junge hatte, der gerade bei seinem Vater auf den Schultern saß. Genau so mußte es sein auf der Welt.

Auf den Schultern des Vaters zu reiten, das war: Blasorchester, Zirkusparaden, Feuerschlucker und am ersten Mai große, flatternde Fahnen im Wind. Und irgendwie war es auch: frische Waffeln mit Puderzucker drauf. Wie schade, daß er keine Waffeln anzubieten hatte! Plötzlich geriet Stig außer Atem und hätte den Jungen fast absetzen müssen. Aber Seija, mit ihren eigentümlich kurzen Schritten, war bereits losmarschiert. Heimwärts, so war zu vermuten. Der Junge roch nach kleinem Jungen, und man hatte den Eindruck, daß er seit etlichen Tagen den Pullover nicht mehr gewechselt hatte. Die Schuhe waren zerschlissen – es waren Stoffschuhe –, die Schnürsenkel jedoch waren sorgfältig gebunden. Stig hätte sie bestimmt nicht aufbekommen.

Die Frage war bloß, wie er sich nun in dieser Situation, um die er nicht gebeten hatte, verhalten sollte? Würde man ihn einlassen? Und wenn er Einlaß finden würde bei diesem Mann, der offenbar grausam genug war, Frau und Kind auszusperren, sein eigenes Leben von sich auszusperren, so konnte man es doch wohl sagen – war es tatsächlich das, was er wollte?

Das Problem war ja eigentlich nicht, wen er antreffen würde, sondern daß er sie dort zurücklassen mußte.

Und mit einem plötzlichen Gedankensprung, der wohl typisch ist für Menschen, die weder aus noch ein wissen, begann er über diese verfluchte undichte Leitung im Haus nachzugrübeln. Wahrscheinlich stand Torsten jetzt da und schöpfte Wasser, während er hier festgehalten wurde, oder arbeitete er bereits wieder an seinen Kacheln?

– Meinst du, wir sollten zuerst mal anrufen, sagte Stig nach ungefähr hundert Metern.

Daß der Junge brav war, änderte nichts daran, daß sich durch ihn die Kopfschmerzen erheblich verschlimmerten.

– Vielleicht sollten wir anrufen und ihn zur Vernunft bringen. Damit er uns einläßt?

– Mach es ganz wie du willst, sagte sie.

Es klang, als habe sie nicht mehr viel mit der Sache zu tun.

An der Kreuzung stand eine Telefonzelle. Sie sagte, man könne das Haus von hier aus sehen, zwischen den Bäumen, dort drüben. Es schien ein recht hübsches Haus der Genossenschaft für Eigentumswohnungen zu sein, ungefähr aus den fünfziger Jahren. Aus einer Zeit, in der man noch mit etwas mehr Qualitätsbewußtsein baute. Offenbar hatte die Familie irgendwann mal ziemlich viel Geld gehabt. Eine Eigentumswohnung dieser Art war heutzutage nicht gerade billig.

Mach es, wie du willst – das war leicht gesagt. Doch die Telefonzelle war selbstverständlich beschädigt, das Kabel herausgerissen, irgendein ekliger Ketchup über den Apparat geschmiert, alles wie nicht anders zu erwarten. Was waren das bloß für sonderbare Menschen, die herumgingen und die Kabel aus den öffentlichen Telefonen rissen. Stig konnte sich nicht erinnern, in seiner Jugend etwas Derartiges gesehen zu haben. Weder in Hallstahammar noch in den kalten Wintern der Bereitschaftsjahre in der kleinen Stadt Malmköping. Wer wollte anderen Menschen so schaden? Wollten die Leute tatsächlich, daß es so kalt und so öde würde wie nur irgend möglich, draußen auf den Straßen und zwischen den Menschen?

Und zu diesem Petterson gehen war wohl auch ausgeschlossen? Sie waren schon an seinem Haus vorbei, und es sah nicht so aus, als sei er zu Hause. Nett war er ja vorhin gewesen, hatte Werkzeug und alles mögliche hergeliehen. Fragte sich nur, ob er sich genauso nett zeigen würde, wenn Stickan mit einer ganzen Familie anrückte. Schließlich gibt es Grenzen, was man von anderen verlangen konnte.

Kurz vor der Kreuzung war eine Bäckerei und Konditorei, doch es stand kein Mensch an den Tischen, und hinter der Theke bediente eine mürrische Dame. Die Türglocke schepperte, und Stickan ging in die Knie, damit der Junge sich nicht den Kopf anschlug. Es duftete nach Brot, nach etwas, das man oft mit Güte verband. Doch die Schreckschraube hinter der Theke war bestimmt kein besonders gütiger Mensch.

Kaum hatte Stickan seinen bescheidenen Wunsch geäußert, das Telefon benutzen zu dürfen – für ein Ortsgespräch selbstverständlich –, wies sie ihm mit ihrem knochigen, bösen Finger die Tür. Wie die Hexe im Märchen! Hatte sie nicht sogar die Frechheit, dieser alte Drachen, irgendwas von Polizei zu murmeln? Ja, er war fürwahr aus einem leeren, erschreckenden Haus gekommen und befand sich wieder in der wirklichen Welt, aber weiß der Teufel, ob sie so viel besser war!

Stickan ging langsam zur Tür, und schwankte zwischen seinem neugeweckten Stolz darüber, daß der kleine Kerl ihn tatsächlich mochte und gern auf seinen Schultern saß, und der gesteigerten Reizbarkeit eines handfesten Katers.

Ihm war die Schwierigkeit, einerseits die Füße eines kleinen Jungen festzuhalten, damit er nicht herunterfiel und sich wehtat, und gleichzeitig eine widerliche, geizige und unfreundliche alte Konditoreihexe zu erwürgen, voll und ganz bewußt: es war ein Unterfangen, das zweifellos beide Hände erfordert hätte. Stig mußte sich also in einem Ausbruch plötzlicher Zuneigung zu dem kleinen Jungen, der so brav und vertrauensvoll auf seinen Schultern saß (wie konnte man nur gleichzeitig sehr gute und sehr böse Gefühle haben; das war etwas, womit diese verflixten Pastoren wohl nie gerechnet hatten, aber so war es nun mal), damit begnügen, sich umzudrehen und (mit beachtlicher Lautstärke, wie man wohl sagen muß) zu bemerken:

– Du widerliche alte Schreckschraube, nimm dich in acht. Ich will dir mal was sagen, bald liegst du mit deinem knochigen alten Zeigefinger im Grab und vermoderst. Und dann ist es zu spät, um alle Gemeinheiten zu bereuen, die man begangen hat. An den geringsten seiner Brüder. Denk daran, wenn die Maden dich fressen.

Ob die alte Schachtel erbleichte oder nicht, war schwer zu sagen, denn Stig war schon wieder zur Tür hinaus, die er mit einem Knall ins Schloß warf. Mochte es sich damit verhalten wie es wollte, Stig jedenfalls hatte das Gefühl einer tiefen Befriedigung, wie nach einem kraftvollen Fluch, der tatsächlich sein Ziel erreicht. Stickan hatte eine überraschende Begabung dafür, ins Schwarze zu treffen. Als Junge hatte er es immer wieder geschafft, auf dem Schulweg einen Schneeball über die Schulter und irgendeinem Quälgeist direkt ins Auge zu werfen. Es war ihm nie als etwas Besonderes erschienen; er hatte es stets zu seinen natürlichen Talenten gezählt. Der Junge auf seinen Schultern lachte. Ein richtig fröhliches und offenes kleines Bubenlachen, das mit der gleichen Plötzlichkeit kam, mit der Eiszapfen an einem sonnigen Märztag von einer Dachrinne fallen und auf dem Bürgersteig davonfließen. Dieses Lachen machte Stig glücklich.

– Jetzt pfeifen wir auf das Telefon, sagte er zu der Frau, die bleich und abwartend am Straßenrand stand. Sie hatte die Konditorei nicht betreten und keine Vorstellung davon, was dort vorgegangen war. Doch für einen Augenblick wich bei dem Lachen des Jungen der Schatten aus ihrem Gesicht.

Von diesem Augenblick an erschien die ganze Wanderung in einem etwas anderen Licht. Und gleich um so vieles leichter.

Stig erzählte Torsten später etwa folgendes:

Sie wohnen in einem Haus der Eigentümergenossenschaft hinter der Kreuzung. So ein altes zweistöckiges Haus aus den fünfziger Jahren. Richtig hübsch und gediegen. Wir steigen also die Treppen hoch, sie voran, ich hinterher. Und ich fange wirklich an mich zu fragen, was ich da zu suchen habe.

Schließlich bin ich ja nicht mehr ganz so gut in Form wie früher. Und ein halber Tag mit deiner verdammten Kachelwand schlägt mir mittlerweile aufs Herz, das kannst du mir glauben. Treppensteigen ist nicht mehr so ganz das, wofür ich gemacht bin. Ich bleibe also gut auf Abstand, dann höre ich sie oben an der Tür läuten, die Tür wird aufgemacht, und als ich endlich oben bin, außer Atem und völlig erledigt, ist sie angelehnt.

Ich trete ein, und da sitzt er und liest ein Buch. Mitten am hellichten Nachmittag. Und neben dem Sessel steht ein ziemlich großes Aquarium mit Goldfischen, den größten und schönsten Goldfischen, die ich je gesehen habe. Es muß eine Zwei-Zimmer-Wohnung gewesen sein, aber ich habe nichts weiter gesehen als das Zimmer, in dem er gesessen hat. Und ich muß sagen, abgesehen vom Aquarium war es kein besonders ordentliches Zimmer. Zeitungsstapel auf dem Fußboden, das Spielzeug der Kinder verstreut, wie es gerade paßt. Eigentlich schrecklich, wieviel Unordnung manche Menschen ertragen.

Die Frau steht da und bringt kein Sterbenswörtchen heraus, und der Mann sitzt in seinem bequemen Sessel und hat auch nicht viel mehr zu sagen. Inzwischen bin ich so fertig vom Treppensteigen, daß ich mich gern gesetzt hätte. Schwer zu sagen, wie alt der Mann war, vierzig vielleicht, oder jünger. Ja, das Problem war wohl gelöst, und mir wollte einfach nicht in den Kopf, was ich da noch zu suchen hatte.

– Das sind aber wunderbare Goldfische, sage ich.

– Na, das will ich meinen; sie haben mich einen ganz schönen Batzen gekostet, sagt er.

Dann wird es wieder still. Ich mache also einen neuen Versuch und sage: Schade, daß man zusammen mit Goldfischen keine anderen Fische halten kann. Die Kiemen sondern so viel Ammoniak ab, daß andere Fische es nicht vertragen. Er schaut mich an, als würde er erst jetzt bemerken, daß ich im Zimmer bin.

– Das ist doch kein Problem, sagt er. Wozu braucht man denn andere Fische?

– Das ist doch ziemlich fad, sage ich. Immer die gleichen Fische hin und her schwimmen zu sehen. Mir würde das auf die Dauer ziemlich langweilig, dasitzen und immerzu Goldfische anstarren. Sie haben doch nur eine Farbe.

– Nicht die Bohne, sagt er. Sie haben massenhaft Farben, wenn man genau hinsieht. Bei jeder Bewegung verändern sie sich ein bißchen. Wer bist du überhaupt? Was machst du eigentlich hier?

– Ich bin mitgekommen, um deiner Frau zu helfen, daß sie reinkommt. Du hast sie und die Kinder schließlich ausgesperrt. Um die Wahrheit zu sagen, es war tatsächlich so, daß Seija, so heißt sie doch, deine Frau, ankam und erzählte, du hättest sie und die Kinder rausgeschmissen und ausgesperrt. Was ist das überhaupt für eine Art, Frau und Kinder so zu behandeln? Man soll sich an seinen Kindern freuen, solange man sie hat!

– Naja, vielleicht nicht richtig *rausgeschmissen*, korrigierte Seija rasch, *ausgesperrt* ist das richtige Wort.

– Ja, sonst wäre ich ja wohl kaum hier.

– Er hat uns nicht rausgeschmissen. Er hat uns ausgesperrt.

– Das habe ich mitnichten gemacht. Die Tür ist im Durchzug zugefallen. Ich kann nicht auch noch darauf aufpassen, ob die Tür offen oder geschlossen ist. Abgesehen davon hörst du ja selbst, wie sie mich schlechtmacht. Sie tut nichts anderes. Sie sucht Streit und will die Aufmerksamkeit auf sich lenken. Sonst findet sie das Leben uninteressant. Wenn sie sich nicht zusammennimmt, werden die Kinder vermutlich bald von der Sozialfürsorge geholt. Und du gehörst wohl zu den Typen, die gleich zu den Behörden rennen und petzen?

– Nein, sage ich. So ein Typ bin ich nicht.

– Ist ja ekelhaft, wie aufgeblasen du klingst. Bist du sicher, daß du nicht vielleicht von irgendeiner *kleinen* Behörde bist?

– Klar, sage ich, aber es gibt Grenzen dafür, wie weit man gehen kann, bloß um seine Ruhe vor Frau und Kindern zu haben und Goldfische zu beobachten. Schließlich gibt es auch noch was anderes auf der Welt als Goldfische. Man hat doch wohl eine gewisse Verantwortung für die, denen man zum Leben verholfen hat, oder etwa nicht?

Wenn er bisher noch nicht aufgesprungen ist und mir eins aufs Maul gegeben hat, dann wird er es jedenfalls jetzt machen, denke ich und lege den Schraubenschlüssel (den ich in der Tasche hatte) auf den Tisch, damit sich wenigstens keiner daran verletzt. Aber er, dieser Verrückte, bleibt in seinem Sessel sitzen und stützt den Kopf in die Hände. Ja, und es kommt mir tatsächlich so vor, als ob er weint.

Ich muß sagen, es war entsetzlich peinlich. Ich, ein alter Mann von siebzig Jahren, habe noch nie einen Kerl heulen sehen. Doch er fängt sich und kann wieder reden und sagt ungefähr folgendes:

– Ich möchte doch bloß ein bißchen Ruhe haben.

– Ja, wer zum Teufel möchte nicht seine Ruhe haben, sage ich. Aber die kriegt man doch nicht nur dadurch, daß man sie will. Übrigens ist irgendwas hier komisch. Ich kann es kaum glauben. Aber ich kenn dich.

– Woher denn, sagt er, völlig platt. Mir kommt es auch so vor, als würde ich dich kennen. Aber ich komm beim besten Willen nicht drauf, woher.

– Du bist Affe, sage ich. Oder, um es genau zu sagen, Alfred. Du bist der jüngste Sohn meiner Tante.

Wie die Geschichte schließlich ausging und wie er sich von diesen sonderbaren Menschen verabschiedete, wollte er dann nicht mehr erzählen.

Der Tag wehrt sich gegen Eingriffe

Torsten Bergman arbeitete verbissen weiter. An seinem Platz. Was hätte er sonst tun sollen? Er schwitzte und rumorte, er tauchte die Kelle tief in den Eimer mit Fliesenkleber und verteilte ihn auf die immer gleiche rauhe Mauerfläche, drückte die Kacheln mit der allergrößten Präzision fest und mußte hin und wieder die Schnur neu spannen. Wenn erst die Fugenmasse aufgetragen war, würde es hier ziemlich gut aussehen. Teuer und elegant. Und das war es doch wohl, was man von ihm erwartete? Kahl und dunkelblau und edel. Zugegeben, es fehlten ein paar Poggenpohlhähne – aber die wären ja nicht schwer wiederzubeschaffen. Man durfte sich nicht in Kleinigkeiten verzetteln, wenn es um das große Ganze ging. Allerdings wuchs die Pfütze auf dem Boden wieder, jedoch langsamer, nachdem Torsten die Anschlüsse mit Holzkeilen verspachtelt hatte. Er war, kurz gesagt, Herr der Lage.

Doch er wußte genausowenig wie vorher, für wen er arbeitete, oder für welchen Zweck, oder für welchen Lohn. So wie er sich jetzt fühlte, spielte das jedoch keine große Rolle. Er arbeitete bald fröhlich drauflos, bald kochend vor Wut und erbittert, wenn ihm etwas mißlang. Aber er arbeitete. Und widerwillig begann sich die Zeit mit Sinn zu füllen.

Sie waren nicht lange dagewesen. Und trotzdem hatten die beiden Kinder eine Leere hinterlassen. Nicht ihre Stimmen, nicht ihr Aussehen, sondern ihre eigentümliche, wortlose Wärme. Der Ausgang der ganzen Sache beschäftigte ihn sehr. Es stand zu hoffen, daß Stickan Manns genug war, um die Situation ins reine zu bringen. Auch wenn nicht viel mit ihm los war, so matt und bleich und elend wie er gewirkt hatte, bevor er gegangen war. Außerdem war es nicht gerade besonders nett, daß er den größeren Teil des Branntweins ausgetrunken hatte; weit über einen Liter aus einem Vorrat von drei Pullen.

Es war schon unglaublich, was manche Leute wegschlucken konnten.

Und er hatte es aus seinem Vorschuß für die Poggenpohler finanziert! Eine schöne Bescherung. Torsten tastete in der Westentasche der alten abgetragenen Lederjacke nach dem Zettel, auf dem er alles aufgeschrieben hatte. Schließlich mußte er zu gegebener Zeit Rechenschaft ablegen. Er erinnerte sich ganz deutlich, ihn in die Brusttasche gesteckt zu haben (er hatte ihn doch Stickan gezeigt). Und nun lag dort tatsächlich ein zerknüllter Zettel. Es war aber nicht derselbe. Es war ein anderer; eine Notiz auf einem vom Deckel des Telefonbuchs abgerissenen Fetzen, am Morgen desselben langen Tages von ihm selbst mürrisch und unausgeschlafen hingekritzelt. Zerstreut las er, was er geschrieben hatte, und stopfte den Zettel, diesen nun völlig unwichtigen Zettel wieder in die Tasche. Aber das verflixte Papier mit der Abrechnung mußte er logischerweise ins Handschuhfach seines Autos gelegt haben. Nur hatte er weder Zeit noch Lust, hinauszugehen und danach zu suchen. Es war eben so, wie es war. Schlimmstenfalls konnte er ja alles noch einmal aufschreiben. Genaugenommen hatte er nämlich ein hervorragendes Gedächtnis.

Trotz aller Flaschen und Pullen und Gläser, das mußte man wohl sagen.

Als Torsten klein war – viel zu klein, um auch nur zu ahnen, worum es sich drehte, war er Abstinenzler gewesen. Und hatte seine bekehrte und freikirchliche Mutter zu Abstinenzlertreffen begleitet, wo beredte Herren aus dem fernen Västerås und dem noch ferneren Örebro über die Gefahren des Alkoholismus sprachen. Man konnte eine Schrumpfleber bekommen. (Einer der Redner hatte sogar eine Schrumpfleber dabei und zeigte sie vor. Er gab nicht Auskunft darüber, woher er sie hatte, ein Umstand, der Torstens Argwohn weckte. Außerdem war Torsten damals der Ansicht, daß alle inneren Organe auf jeden Fall sehr merkwürdig aussahen.) Das Publikum bestand ausschließlich aus äußerst nüchternen Menschen, vorwiegend älteren Frauen, und so mußten sich die Redner sehr erfolgreich gefühlt haben in ihrer Mission. Schrumpfleber war jedoch nicht die einzige Gefahr, die bei Trunksucht drohte. Es bestand immer das Risiko, daß der Schwedische Reichstag von alkoholisierten Menschen erobert würde, die keine Ahnung davon hatten, wie Schweden zu regieren sei. Und das mußte jedem einleuchten, wie unvorteilhaft dies in Krisenzeiten werden könnte. Daher hieß es, Sorge zu tragen, daß nüchterne Liberale in die Regierung kamen, und nicht trunksüchtige Sozialisten, die wer weiß was anstellen könnten. (Seinen Widerwillen gegen die Sozialisten hatte Torsten Bergman das ganze Leben hindurch behalten, aber leider schien es, als würden sie mit den Jahren immer nüchterner und effektiver.)

Soweit Torsten sich erinnern konnte, hatte Tante Svea, die Kaltmamsell im Grand Hotel in Stockholm war (ein Ort, der feiner, aber gerade deshalb auch sündiger war als andere), die schrecklichsten Geschichten darüber erzählt, was die Trunksucht anrichten konnte. Die Betrunkenen saßen im Restaurant und verloren die Herrschaft über sich selbst. Hatte nicht ihr Freund Charlie, der Portier im Hause war, einmal einem Herrn helfen müssen, der die Hosenträger ins Klosett gehängt und sie dann, kotverschmiert wie sie waren, über sein schönes, sauberes Smokinghemd gelegt hatte, diskret in ein Taxi zu kommen und für die Mühe fünfzig Kronen kassiert? Gab es nicht Bauern, die soffen, bis sie ihren Grund und Boden verlassen mußten? In den Hotels hatten sie gesessen und gesoffen, während ihre Kinder am Hungertuch nagten. (Torsten fand es immer wieder verwunderlich, daß Tante Svea es sich tatsächlich erlauben konnte, an einem Ort zu arbeiten, der nur Unglück brachte, aber »Kaltmamsell« klang beruhigend und vermittelte den Eindruck, zumindest sie selbst ließe sich nicht in diese gräßlichen Machenschaften hineinziehen. Warmmamsell wäre schlimmer gewesen.)

Eigentlich konnte man die ganze Menschheit in gute und schlechte Personen einteilen. Im Alter von ungefähr siebzehn, als Torsten Zeitungsjunge auf der Strecke Örebro–Västerås gewesen war, war er nach und nach der schrecklichen Wahrheit auf die Spur gekommen, daß die Bekehrten und Nüchternen in Wirklichkeit keineswegs in der Mehrheit waren, wie er stets angenommen hatte.

ZEITUNGEN UN BÜCHA!

Er hatte die Aufgabe, auf der langen Strecke mit einer großen schweren Tasche durch die Waggons zu wandern, hin und her. In Hallsberg wurden die Abendzeitungen geliefert, und der Vorgänger, ein bleicher, pickliger Zeitungsjunge, der sehr groß war und kränklich aussah, wurde von Torsten abgelöst. Die Rechnungen mußten kontrolliert werden, bevor der Zug wieder anrollte und der andere absprang. Der Stationsvorsteher, ein mächtiger Mann, hatte keine Nachsicht mit Zeitungsjungen, die den Zug aufhielten. Vielmehr war es wohl so, daß die Zeitungsjungen für ihn ganz generell eine Pest waren.

Besonders am Anfang der Reise tat die Tasche auf dem Rücken verteufelt weh, und wenn der Eilzug in die Kurve ging, hieß es, nicht auf die Reisenden zu fallen. Anfangs passierte es öfter und wurde nicht immer freundlich aufgenommen, oder manchmal mit rohem Gelächter, wenn er auf dem Schoß einer dicken, nicht unbedingt unwilligen Dame landete, die ihn spielerisch festhielt, mit den Händen seine Taille umfing, und so tat, als habe sie nun den Verlobten gefunden, den lang gesuchten. Nein, das war Gift für Torstens Selbstvertrauen. Noch heute, hier, im Staub und dem Geruch von feuchtem Verputz, konnte er darüber heftig erröten.

ZEITUNGEN UN BÜCHA!

Auf Västerås zu wurde es meist besser. Viele waren es nicht, die Bücher kauften, das meiste war ohnehin nur Schund; Kriminalromane vom Wahlström-Verlag, die Jonas-Fjeld-Bücher von Övre Richter Frich, und ähnlicher Ramsch. Aber die Zeitungen verkauften sich. In unsicheren und gefährlichen Zeiten gingen sie wie geschmiert. Die Tasche verlor zusehends an Gewicht, und es wurde immer leichter, durch die Waggons zu gehen. Der Tag, an dem sich der gesegnete Ivar Kreuger in Paris erschoß, war wirklich wunderbar. Die Tasche war bereits in der Mitte des Zuges leer.

Oft konnte er es, wenn er nach Halstahammar heimkehrte, tatsächlich im Rücken spüren, ob es ein guter oder ein schlechter Tag gewesen war in diesen Jahren der weltweiten Depression. Je schlechter der Tag für die Menschheit, desto besser für den Rücken, pflegte er vor sich hin zu sagen.

Wie auch immer, in diesen Zügen mit all den fetten Herren in der ersten Klasse, mit den tiefernsten Bauern, den ausgelassenen Bauerngefreiten und den mehr oder weniger anständigen Mädchen in der dritten Klasse war leicht zu erkennen, daß die unordentlichen und angetrunkenen Menschen in der Mehrheit waren, und nicht, wie daheim bei Mama in Hallstahammar, die Nüchternen und Bekehrten.

Hier im Zug versteckten die Bauern ihre kleinen und großen Pullen aus Angst, daß der Schaffner sie sehen könnte, hinter der Zeitung. Hier im Zug klapperten junge Kerle mit Bierflaschen, die in grauen Altpapiertüten steckten. Und im Speisewagen ging es flott und lustig zu, ohne die geringste Heimlichtuerei. Wenn man bedachte, daß das ein normaler Ausschnitt aus dem Leben der unordentlichen Menschen war, den man hier im Zug zu sehen bekam – schrecklich! Aber zu denen mochte offenbar kein Redner kommen und Vorträge halten. Sie kotzten und führten sich auf, daß es einem grauste, am schlimmsten bei der Einberufung zum Regiment und ähnlichen Gelegenheiten.

Torsten brachte es, wenn er nach Hause kam, ganz einfach nicht über sich, seiner Mutter von all diesem Elend zu berichten. Außerdem schlief sie dann meistens schon und war von der Putzerei in der Bank müde und kaputt.

Von alledem, ja, von dieser sündenlosen und nüchternen Kindheit, war Torsten Bergman zuletzt ein tiefer Widerwille gegen jede Form von Übertreibung und Unordnung geblieben. Derselbe Unwille, den er empfand, als er den

Zettel mit seiner Abrechnung des am gleichen Morgen erhaltenen Materialvorschusses nicht finden konnte.

Als er dann schließlich den ersten Schluck Alkohol bekam, und zwar mit Kameraden vom Königl. Uppländischen Regiment, wo er seinen Militärdienst leistete, da war es *eine ganz andere Sache*. Er hatte, als nach ein paar Schlucken aus der gemeinsam erworbenen Flasche der erste Rausch in seinem pickligen und unreifen Körper aufstieg, ganz deutlich das Gefühl, ein Heimatland gefunden zu haben. Er hätte nie gedacht, daß etwas so Wunderbares tatsächlich existierte! Es war, schien ihm, wie wenn man sein ganzes Leben in einer winzigen Ein-Zimmer-Wohnung verbracht hätte und eines Tages entdeckte, daß es ein riesiges Zimmer gab (hell, freundlich, mit einem großen Fenster in jeder Himmelsrichtung, davor flatternde Gardinen und draußen zwitschernde Vögel), das hinter der Tapetentür versteckt war.

Aber *das* konnte doch wohl nichts mit diesem anderen zu tun haben, dem Niederen und Verderblichen, vor dem die Abstinenzredner warnten? Das leuchtete doch jedem ein: daß dies etwas Gutes war, daß es bedeutete, zu sich selbst heimzukommen. Als er den Militärdienst hinter sich hatte, war er tüchtig ins Trinken geraten, ja, so tüchtig, wie es ihm die finanziellen Verhältnisse erlaubten, und die waren bescheiden. In tiefster Seele aber war er Abstinenzler geblieben.

Trunksucht war für ihn eine Form von Verkommenheit und Unordnung. Aber vor allem war sie etwas, dem andere anheimfielen.

Er selbst benutzte den Branntwein, um eine Ordnung höherer Art zu erobern. Ein stilles Gefühl vom Sinn der

Welt, könnte man es vielleicht nennen. Seit Jahren fiel es ihm schwer, eine vernünftige Arbeit zustande zu bringen, wenn er nicht in der Mittagspause oder gleich danach ein paar Gläschen nahm, obwohl er es zugleich haßte, wenn die Kollegen bei der Arbeit tranken. Daß seine Haltung widersprüchlich war, sah er ein. Doch er hatte ganz stark das Gefühl, die Welt müsse widersprüchlich sein, damit sie funktionierte. Sie war ganz einfach so geschaffen. Und es war keine andere Welt denkbar als diese, mit ihren Widersprüchen.

In Torsten tobte, könnte man vielleicht sagen, ein ständiger Kampf zwischen Ordnung und Unordnung, bei dem die Unordnung fast immer siegte, jedoch die Hoffnung auf eine Ordnung nie unterging. Diese Ordnungslust ließ ihn jetzt zum Auto hinausgehen und das Handschuhfach öffnen. Und tatsächlich, da lag der Zettel mit der Abrechnung, zerknittert, aber genauso, wie er ihn hingelegt hatte:

Soll:	
Zwei eingetauschte Wasserhähne Marke Poggenpohl (Baumarkt Uppsala)	*1230,—*
Haben:	
Fliesenkleber, Väärtiläs, vier Dosen à 35,90	*143,60*
Drei Tuben graue Fugenmasse à 24,90	*99,60*
Diverses Werkzeug und Ausrüstung	*470,—*
Dem Auftraggeber zu erstatten	*516,80*

Verärgert kehrte er ins Haus zurück und hatte das Gefühl, ihm sei doch noch etwas entgangen. Während er gereizt Wasser in den Eimer füllte und den letzten Rest des Klebers hineinrührte (er hoffte wirklich, daß er bis zum Ende des Tages reichen würde), steckte er die Brille wieder in die Jackentasche und entdeckte dabei den anderen Zettel, den mit der Adresse. Er setzte die Brille wieder auf, las, schüttelte den Kopf und steckte den Zettel zurück in die Tasche. Murmelnd und kopfschüttelnd kehrte er zur Wand zurück. Es war an der Zeit, den Draht des nächsten Kachelstapels zu entfernen. Die Hand, die die Kneifzange hielt, zitterte leicht.

Warum hatte er in seiner Jugend so viel photographiert? War es die Freude an diesem Rätselhaften, an dem Bild, das aus dem Entwicklerbad hervorwuchs? Oder die entzückten und etwas ängstlichen Kommentare der Mädchen und alten Gemeindetanten, wenn sie sich porträtiert sahen?

Oder war es das: daß man ein Bild festhalten konnte? Es gleichsam aus der Zeit herausfischen, diesen schweren dunklen Kolbäcksfluß aus Bildern und Stimmen, die verschwanden?

Es gab natürlich auch erschreckende Bilder. Einmal hatte der Zug am Übergang von Tomtebo einen schweren Lastwagen mit Zementröhren angefahren. Der Fahrer, armer Kerl, war noch einmal davongekommen (jedenfalls hatte er es so in Erinnerung), doch der große Lastwagen von Scania-Vabis war total zertrümmert. Neugierig und erschrocken war er auf dem Fahrrad zum Unfallort gekommen und hatte den armen zerstörten Wagen mit den überall verstreuten und zerbrochenen Zementröhren photographiert. Aus vielen verschiedenen Winkeln. Bis die Feuerwehr kam und die Trümmer wegräumte. Was hatte er eigentlich auf den teuren Filmplatten einfangen wollen? Sein eigenes Elend? Den Verlust seines Vaters? Eine Ladung, die irgendwo unterwegs war und nie ans Ziel gelangen würde?

Ein Floh im Ohr. Es gab tatsächlich Gedanken, die sich wie Insekten im Kopf festsetzten, hartnäckig, bohrend, parasitär. Die Sache mit dem Zettel in der Tasche war ein solcher Floh. Er wollte nichts damit zu tun haben, und trotzdem kehrte der Floh eigensinnig zurück. Immer wieder.

Es war ein bißchen so, wie mit der Blase im Mund, zu der die Zunge immer wieder hin will. Nicht, daß es etwas nützen würde, aber die verflixte Zunge will immer dorthin. Sie kann es nicht lassen.

Also schaute er sich den Zettel mit der Adresse noch einmal an. Und was dort stand, ließ sich nicht verleugnen. Dieser Zettel hatte ein Geheimnis, von dem er nichts wissen wollte.

Wie zur weißglühenden Hölle konnte bloß jemand Malma Skogsväg mit Skogstibblevägen verwechseln – das war doch wohl ein Versehen jenseits aller menschlichen Vernunft?

Ein Mann
ohne eigentliche Moral

Keiner forderte Stig auf, sich zu setzen, und so blieb er am Türpfosten stehen. Es war wohl am besten so, da seine Hosen nach mehreren Stunden in diesem wenig gemütlichen Gebäude ziemlich staubig waren. Viel gemütlicher war es hier auch nicht; alles wirkte, gelinde gesagt, improvisiert. Aber immerhin war hier ein jüngerer Verwandter von ihm, Kinder, die in der Küche quengelten, und das Geklapper von Geschirr, das gerade gespült wurde.

– Da gibt es vieles, was nicht so leicht zu erzählen ist, sagte Affe. Zu allererst möchte ich darauf hinweisen, daß ich es nicht mag, wenn man mich Affe nennt. Keiner hat mich Affe genannt, seit ich ein Junge war. Ich heiße Alfred.

– Entschuldige bitte. Das konnte ich ja nicht wissen.

– Schon gut. Das verzeihe ich gern. Die Goldfische, andererseits, sind nur der Anfang. Für mich sind sie ja auch was Neues. Ich bin gerade aus dem Knast gekommen, verstehst du. Das ist jetzt ein paar Monate her. Aber mir kommt es vor wie gestern. Deswegen gehe ich nicht so gern aus. Und sitze lieber in Ruhe hier zu Hause. Deswegen fallen Türen ins Schloß. Wenn die Frau mit den Kindern ausgeht.

– Ist ja allerhand, sagte Stig. Gefängnis, das ist doch wohl ein dickes Ding.

– Tja. Das sollte man meinen. Aber so kann es gehen.

– Aber das können doch keine Kleinigkeiten gewesen sein, wenn du dafür ins Gefängnis kommst?

Seija stand in der Küchentür, wieder mit dem Jüngsten auf dem Arm.

– Sprich nicht mit ihm darüber. Es macht ihn nur traurig, wenn du ihn so was fragst. Es tut ihm nicht gut, daran zu denken.

– Aber ja. Ich spreche gern darüber. Ich habe keinen Grund, mich zu schämen.

– Ich glaube, in der Familie hat seit Jahren keiner mehr etwas von dir gehört. Es sind ja auch nicht mehr viele übrig. Vermutlich bin ich der Älteste, seit Onkel Ragnar gestorben ist. Ich habe gedacht, du wohnst in Johanneshov?

– Das ist schon viele Jahre her.

– Hast du dich nicht auch mit Ölmalerei beschäftigt? Irgendwelche Bilder gemalt?

– Naja, jetzt nicht mehr.

– Was ist denn daraus geworden?

Er rief in Richtung Küche: Können wir ein bißchen Kaffee kriegen?

Stickan überlegte, wie er das Gespräch fortsetzen sollte. Es hatte eine ziemlich merkwürdige Wendung genommen, schien ihm. Was für ein seltsamer Tag, an dem man nur eigentümliche Menschen traf. Und alle hatten auf die eine oder andere Weise mit der Vergangenheit zu tun.

– Ich weiß nicht, ob du davon gehört hast. Aber als ich in die Schule ging, war ich richtig gut im Zeichnen und Malen. Viel besser als alle anderen. Ich konnte eine alte Messingflasche abmalen, mit Reflexen und Glanzlichtern und allem Drum und Dran, daß die Zeichenlehrerin sich gar nicht mehr einkriegte. Ich konnte ein zerknülltes Papier mit jeder Falte und jedem Schatten an der richtigen Stelle abzeichnen. Den Lehrern war das beinahe unheimlich. Zuerst hatten sie den Verdacht, ich würde schummeln. Aber nichts davon.

Nun ja, die Lehrerin wollte, daß ich mich an der Mejan bewerbe, an der Kunstakademie. Aber daraus wurde sozusagen nichts. Mein Vater wollte mich daheim in der Werkstatt haben, und wenn ich mich auf die Hinterbeine gestellt hätte, wäre ich wohl auch weggekommen. Aber es war mitten in der Hochsaison.

– Er hat doch Kultivatoren und Rasenmäher und so was repariert, nicht wahr?

– Ja, und auch vermietet. Ein paar Jahre lang war da ziemlich was los. Dann ist er Knall auf Fall gestorben, und für mich war es zu spät, um ein Studium anzufangen. Ich habe trotzdem drauflosgemalt. Und habe sogar einiges verkauft, an zwei alte Fräuleins, die einen Antiquitätenladen hatten. Sie haben meine Sachen an ihre Stammkunden verkauft. Eine Weile herrschte rege Nachfrage. Es waren natürlich keine richtig modernen Sachen, die ich gemacht habe. Es war nicht, wie es heißt, im Stil der Zeit. Denn damit kannte ich mich nicht aus. Aber es war auch kein Kitsch. Es waren Bilder, wie du sie in einem solchen Laden erwarten kannst. Landschaften und dergleichen. Große, schöne norrländische Landschaften.

– War das in Johanneshov?

– Nein, zum Kuckuck, das war in Rotebro. Nach dem Tod meines Vaters. Ich habe alte Möbel repariert und zwischendurch gemalt.

– Aha, ja, ich mag Landschaften gern, in der Tat.

– Jedenfalls kamen eines Tages irgendwelche Typen an und fragten mich, ob ich was für sie malen könnte. In Kommission. Sozusagen. Sie wollten gern eine norrländische Landschaft haben. Von Helmer Osslund. Aber Osslunds Gemälde waren mittlerweile zu teuer geworden. Ich nahm also die Bahn in die Stadt und schaute mir Osslund ein bißchen genauer an. Im Modernen Museum. Er ist ja wunderbar gewesen. Und nicht besonders schwierig. Ich habe ihnen gesagt: Okay. Ihr kriegt einen Osslund, aber ich will zwanzigtausend dafür. Und zehntausend als Vorschuß für Material und so weiter. Ja, es machte mir einen Riesenspaß. Ich war nie in Norrland gewesen, aber inzwischen hatte ich so viele norrländische Landschaften gemalt, daß ich genau wußte, wie es dort aussah. Blaue Schatten auf weißem Schnee. Schatten sind immer in Komplementärfarben, weißt du. Und violette Fjällbirken, die bald ausschlagen werden, gegen Mai. Tja, die Typen kamen wieder und bezahlten anstandslos. Und wollten noch ein paar haben. Aber ich glaube nicht, daß ich sie signiert habe: Helmer Osslund. Nein, das habe ich nicht gemacht. So etwas würde mir nie einfallen. Weißt du, ein Schwindel von dieser Art ist nicht mein Ding.

– Ach so. Aber vielleicht hat es jemand anders getan?

– Möglich. Ich weiß es nicht. Damit habe ich mich nicht befaßt. Im übrigen ist es doch immer eine Art Lüge, wenn man eine Sache malt. Ist es nicht so? Du malst einen Baum. Das ist okay. Aber du hast den Baum nicht gemacht. Du tust bloß so, als hättest du einen Baum gemacht. Vielleicht ist der Baum selbst bloß ein Scherz, eine Abbildung von etwas anderem? Wie soll man wissen, daß es nicht so ist?

– Darüber habe ich tatsächlich noch nie nachgedacht!

– Nein. Aber so ist es. Da kommt also ein Kollege und macht eine Fjällbirke, die Helmer Osslund irgendwann in den zwanziger Jahren besser gemacht hat. Es ist ein Bild von einem Bild von einer Zwergbirke, nicht wahr? Da fragt man sich natürlich, warum es so besonders häßlich oder schlimm sein soll, etwas abzukupfern, das schon abgekupfert ist. Es ist ja schon einmal abgekupfert worden. Es ist doch schon von vornherein erstunken und erlogen, was macht das also für einen Unterschied? Ich kann einen Stuhl abmalen. Aber ich kann doch zum Teufel keinen Stuhl machen. Es wäre wahrscheinlich viel besser, wenn man Stühle machen könnte.

– Aber es ist schlechter bezahlt – stimmt doch, oder?

– Ja, siehst du, diese Kerle haben mich jedes Mal besser bezahlt. Ich vermute, sie haben sich an mir dumm und dämlich verdient. Aber etwas von dem Segen habe ich auch abgekriegt. Sie haben mich gefragt, ob ich nicht einen Vorschuß haben wollte, um mir eine Wohnung bei der Eigentümergenossenschaft zu kaufen, und das wollte ich natürlich ... Also zog ich mit der Frau und dem ersten Kind nach Uppsala. Ja, es ist diese Wohnung, die ich auf diese Weise verdient habe.

Wird das noch etwas mit dem Kaffee? Aha, dann also nicht. Dann müssen wir wohl drauf verzichten.

Dann kommen sie an und fragen, ob ich nicht was im Stil von Carl Kylberg machen kann. Westküstenlandschaften, viel Farbe, leicht verschwommen. Okay, habe ich gesagt. Zeigt mir, wie Kylberg malt, dann schau ich mal. Es folgten also wieder ein paar Tage im Museum. Und dieser Kylberg, das wurde ein echter Erfolg. Ich mußte fast alles andere fahrenlassen, was ich sonst noch so machte. Eine Versicherungsvertretung, und so weiter. Ich war ganz einfach besser darin, wie Kylberg zu malen als wie Osslund, und ich habe eine Menge Westküstenlandschaften gemacht, bis ich die Westküste genausogut kannte wie Norrland. Obwohl ich auch dort nie gewesen bin. Ich fühlte mich allmählich richtig weitgereist.

Kylberg geht wie geschmiert, und ich sage zu diesen Kumpels, daß ich jetzt einen Wagen brauche. Klar kriegst du einen Wagen, sagen sie, aber nicht irgendeine miese Karre. Wir besorgen dir einen Klassewagen. Also kommen sie eines Tages in einem Mercedes vorgefahren, der bloß ein paar Jahre auf dem Buckel hat, mit Lederbezügen und Kassettenrecorder und Lautsprechern und was du willst. Du kannst dir denken, daß Seija und der Junge, ich hatte ja damals nur das eine Kind, ganz schön aus dem Häuschen waren. Ganz zu schweigen von den neidischen Nachbarn. Wir machten große Sonntagsausflüge nach Skokloster und Kvicksund und was weiß ich noch alles. Ja, bis zum Wirtshaus von Kolbäck sind wir am einen oder anderen Sonntag immerhin gekommen.

Ich glaube, es war der Wagen, der die Nachbarn so richtig sauer machte. Jedenfalls fingen sie um die Zeit herum an, sich über den Terpentingeruch zu beschweren. Ich habe nie etwas gegen Terpentin gehabt. Ich mag alle Chemikalien, die man bei der Ölmalerei braucht, von Terpentin und Damarharz bis hin zu Firnis und Bienenwachs. Doch die Nachbarn behaupteten, sie würden Allergien von dem Terpentin bekommen. Kinder und Alte müßten zum Doktor, hieß es. Und in modernen Häusern darf man zu Hause kein Atelier haben. O nein. Dafür braucht man eine Sondergenehmigung von den Behörden.

– Aber sie können dich doch schließlich nicht ins Gefängnis gesteckt haben, weil du zu Hause in der Wohnung ein Maleratelier hast, um Gottes willen?

– Ja, ich geh nachher schon noch einkaufen! Aber jetzt laß mich das erst mal fertig erzählen. Ich kann jetzt nicht mitten drin abbrechen. Wo ich schon mal mit der ganzen Geschichte angefangen habe. Naja, jedenfalls merkte ich allmählich, daß ich im Haus nicht besonders beliebt war. Eines Morgens hatte jemand einen langen Kratzer in den Lack meines schönen Autos gemacht. An einem anderen Morgen war die Antenne abgebrochen. Was habe ich also gemacht? Ich bin natürlich zu Acrylfarben übergegangen. Acryl riecht fast überhaupt nicht. Acryl verdünnt man mit Wasser. Aber es wird natürlich nie dasselbe mit Acryl. Soviel steht fest. Es wird nicht so raffiniert. Aber sicher, wenn man malen will wie Kylberg und die Farben dick aufträgt, dann geht es ziemlich gut mit Acryl. Ich schmeiße also wegen meiner verdammten Nachbarn das Terpentin raus und fange mit Acryl an. Das hat wenigstens den Vorteil, daß alles schnell trocknet. Die Produktion geht sozusagen etwas schneller.

Tja, ich mache also meinen Stiefel weiter, und alles ist Friede und Freude für die nächsten Monate, und ich überlege mir gerade, ob ich nicht Urlaub auf Mallorca machen soll – ich bin auch noch nie auf Mallorca gewesen, nicht mal in der Malerei, und in diesem Jahr hätte es mir gerade gut gepaßt mit einem Urlaub im April. Da ruft einer von diesen Typen an, Sixten und Uffe hießen sie, und ist völlig außer sich. Eine Katastrophe ist passiert, sagt er. Ich sei ein Gauner, dem man eigentlich einen Schläger auf den Hals schicken sollte. Wieso, sage ich. Was für eine Katastrophe? Du hast mit *Acryl* gemalt, sagt Sixten. Das ist eine verdammte Katastrophe. Die Nachbarn haben sich an dem Terpentingeruch gestört, sage ich. Und darauf er: Carl Kylberg hat nie mit Acryl gemalt! Nein, da kannst du aber Gift drauf nehmen, sage ich. Zu seiner Zeit war das noch gar nicht erfunden. Nein. Aber jetzt hat man entdeckt, daß es Acryl ist. Jetzt ist also alles im Eimer. Aber ich habe doch nie behauptet, daß ich Carl Kylberg bin, sage ich.

Laß doch diese Zicken, Affe, sagt der sogenannte Kumpel. Du weißt sehr wohl, worum es sich handelt. Es kann eine polizeiliche Untersuchung geben! Sie sind uns auf der Spur. Uffe war schon zum Verhör bestellt. Na, das ist doch wohl seine Sache, sage ich. Ich habe schließlich keine Kylbergs signiert.

Das bildest du dir doch nicht im Ernst ein, sagt darauf dieser Kumpel, daß wir auf deine miesen Amateurgemälde aus waren. Denk bloß nicht, daß irgendein Gericht dir das abnimmt.

Aber, sage ich, wenn du sie als Kylbergs verkaufen kannst, sind sie doch wohl gar nicht so schlecht. Genau das kann ich eben nicht, sagt er. Du hast doch gehört, sie haben entdeckt, daß es nur Acryl und solcher Mist ist.

Was zum Teufel verstehst du schon von Kunst, sage ich. *Eine Lüge wie die andere.* Das ist die Wahrheit über Kylberg, und das ist die Wahrheit über mich.

– Du meinst also, unterbrach ihn Stig, während er sich nachdenklich am Nacken kratzte (offenbar waren die Haare voller Mörtelstaub, den er erst jetzt bemerkte), du bist als Kunstfälscher im Gefängnis gelandet.

– Nicht die Spur. Wieso haben wir nicht einmal ein bißchen Kaffee da, zum Donnerwetter. Wenn man einen Onkel zu Besuch hat und alles.

– Bitte keine Umstände meinetwegen. Ich wollte nur dafür sorgen, daß deine Frau und deine Kinder nach Hause kommen. Ich muß zurück zu meiner Arbeit. Der Kollege, dem ich helfe, macht sich sonst Sorgen.

– Heutzutage kommt man doch nicht wegen Kunstfälschung ins Gefängnis. Nein, es war so, daß diese Mistkerle den Wagen zurückhaben wollten. Da sind sie bei mir an den Falschen geraten. Das Auto gehört mir, habe ich gesagt. Daraufhin schicken sie mir ein paar kräftige Jungs, die den Wagen ganz einfach abschleppen. Inkassofirmen haben heute so was, solche kräftigen Jungs. Sie haben ihn nicht mal aufgebrochen, auch nichts am Zündschloß gemacht. Einfach abgeschleppt. Aber das hätten sie besser nicht getan. Das Auto war das einzige, was mir von drei Jahren künstlerischer Arbeit geblieben war. Ich war stolz darauf. Das Auto war schließlich keine Lüge.

– Was hast du also gemacht?

– Ich habe verschiedene Gebrauchtwagenhändler abgeklappert, bis ich einen fand, der einen Tip hatte. Er glaubte zu wissen, an wen sie den Wagen verkauft hatten. Ich bin also zu diesem Kerl nach Hause gefahren – er hatte ein Haus in Enskede –, und da stand tatsächlich mein Mercedes. Neue Nummernschilder und alles, aber dasselbe alte Schloß. Ich schließe auf, mitten in der Garageneinfahrt von diesem Kerl, und fange an, meinen alten Wagen zurückzusetzen. Da stellt sich mir dieser Scheißkerl in den Weg.

– Aha.

– Ja, ich mußte ihn also leider umfahren. Und das ist ihm nicht so gut bekommen.

– Ganz schön frech. Was hatte er dir denn getan?

– Nichts. Aber er stand im Weg. Also kriegte er ein paar Schrammen ab. Und ich kam in den Knast. Wegen schwerer Körperverletzung.

– Soso. Du bist ja wie Stalin und Hitler. Fährst jeden um, der dir in die Quere kommt.

– Das ist doch wohl nicht dasselbe! Wir reden doch jetzt nicht über Hitler und Stalin. Ich habe nur versucht, mein Recht zu bekommen.

– Dein Recht?

Stickan hätte vielleicht weitergemacht. Aber plötzlich fühlte er sich entsetzlich müde. Und in der Herzgegend machten sich unangenehme Stiche bemerkbar. Das einzige, was er jetzt wollte, war, sich mit langsamen Schritten zu Torsten zurückzubewegen und ihn zu bitten, ihn nach Hause zu fahren. Vielleicht hatte er sich übernommen, als er ihm bei diesem bizarren Bauwerk half? Auf dem Weg nach draußen konnte er es sich nicht verkneifen, einen Blick in die Küche zu werfen. Seija, Affes Frau, fütterte den Kleinen mit in Milch getunktem Zwieback. Er schien sehr hungrig und aß mit großem Wohlbehagen.

Komisch, dachte Stig, was für einen Appetit kleine Kinder doch entwickeln können. Und wie schnell sie ihre Lektion lernen und dennoch hoffen, daß alles gut wird.

Auf lange Sicht, sozusagen.

Schaffen, bis die Nacht kommt

Als christlich erzogener Junge hatte er gelernt, daß es eine Sünde sei, zu verzagen, nur war die Frage, ob ihm das in diesem Moment etwas nützte. Und in seiner jämmerlichen Verfassung dachte Torsten Bergman sich Sofie K. als widerliche alte Hexe, die schon die ganze Zeit unsichtbar anwesend war, um ihn zu behindern und in dieser Sinnlosigkeit festzuhalten. Er stellte sich sie schwarz gekleidet vor, mit unendlich grauen Augen. Grau wie das Wasser in einer Lehmgrube der Kachelbrennerei von Ekeby an einem Novembertag in den fünfziger Jahren. (Einmal hatte sich ein Mann in einer solchen Lehmgrube ertränkt, und er wußte noch genau, wie unwirklich grau und schlaff der tote Körper wirkte, als sie ihn, blank vor Lehm, mit der Baggerkette herauszogen.)

Dem Menschlichen wohnt fürwahr eine große Vielfalt inne. Es gibt beispielsweise eine Fähigkeit, etwas nicht zu sehen, was wir nicht sehen wollen. Man trifft einen Menschen auf der Straße und erkennt ihn einfach nicht. Weil man ihn nicht sehen will. Das Gesicht erinnert einen an etwas, woran man nicht denken möchte. Oder es paßt nicht zu dem, was man im Augenblick will. Torsten Bergman war in der rasch hereinbrechenden Dunkelheit in einer einzigen Hinsicht erfolgreich. Es gelang ihm die ganze Zeit, die Erkenntnis, daß er den ganzen Tag sinnlos an der falschen Adresse gearbeitet hatte, knapp unter der Oberfläche des Bewußtseins zu halten. Das Verborgene war da und produzierte in seinen Händen und seinem

Kopf heimtückische Energien, ließ ihn auf eine harte, mechanische Art arbeiten, viel vor sich hinfluchen und den Blick angestrengt auf die Arbeit gerichtet halten. Das einzige, woran er sonst noch dachte, war der flüchtige Eindruck von den beiden Kindern, den er bekommen hatte, als sie im Haus gewesen waren. Sie erinnerten ihn stark an ein Glück, das er früher einmal empfunden haben mußte und später fast wieder vergessen hatte. Ein roter Streifen im schmutzigen, grauen Flickenteppich dieses Tages mit seinen unübersichtlichen Knoten.

In diesem Stadium war er bereits ziemlich weit entfernt von Sinn und Verstand und Gleichgewicht. Er hatte das Gefühl, nirgendwo daheim zu sein, nirgendwo hinzugehören, und es kam ihm so vor, als sei seine einzige Verbindung mit der Welt diese grotesk sinnlose Arbeit. Mit getrübten, brennenden Augen sah er sich um. (Auch in den Augen saß der Staub, und sie tränten, als würde er weinen.) Diese paar armseligen Quadratmeter sorgfältig verlegter Fliesen waren das einzige, was er besaß. Und zwar ohne sie zu besitzen.

Es war offenbar Abend geworden, von der Wand fehlte mindestens noch ein Quadratmeter, Schuhe und Strümpfe waren naß, und der Fliesenkleber war nicht mehr so geschmeidig und gut wie am Anfang. Und das verdammte Wasser plätscherte ihm ununterbrochen um die Füße. Wie er auch mit der Rohrzange anzog und hantierte, er bekam die Anschlüsse dieser verflixten Hähne nicht in den Griff. Es war, als führten sie ein Eigenleben.

Ihm war völlig unbegreiflich, wie er um Himmels willen fertig werden sollte. Ganz davon zu schweigen, daß auf den Boden eigentlich auch neue Klinker gehörten.

Von Arbeits wegen müßte er noch mindestens drei bis

vier Tage hierbleiben. Aber es gab ja kein Morgen in diesem Haus, da es nicht das richtige Haus war. Er fragte sich, was sie wohl in dem anderen Haus gesagt hatten, *dem richtigen Haus,* als er nicht erschien. Vermutlich hatten sie gar nicht viel gesagt. Bloß nach jemand anderem telefoniert und über die vergeudete Zeit geflucht.

Und wie lange er hier gewesen war! Es kam ihm so vor, als sei es nicht ein Tag gewesen, sondern viele. Sogar die Stunden ließen sich nicht mehr zählen. In seinem Bauch rumorte ein Hunger, an dem nicht viel zu ändern war.

Torsten Bergman saß da wie Hiob auf einem Haufen von Asche und Schutt, als die Tür ging und Stickan hereinkam. Er war ein bißchen bleich um die Nase, setzte sich sofort hin und lehnte den Rücken gegen einen Türpfosten. Es schien ihm egal zu sein, ob er naß wurde oder nicht.

– Na, sagte Torsten.

– Naja. Es war ein bißchen komisch.

– Aber es ist gutgegangen?

– Sie sind hineingekommen.

– Wie waren sie?

– Komische Leute. Ich komme da nicht ganz mit.

– Wie meinst du das?

– Ich meine, ich begreife nicht recht, wie die Leute heutzutage leben. Oder was sie überhaupt treiben.

Und Stickan erzählte seine Geschichte.

Es entging Torsten nicht, daß Stickan mittendrin aufhörte. Ganz offensichtlich war da etwas, womit er nicht herausrücken wollte. Aber Torsten war zu müde, um ihn zu drängen. Und außerdem hatte er ja selbst etwas, was er um nichts in der Welt preisgeben wollte. Damit waren sie also wohl quitt mit ihren Geheimnissen.

– Malen tut er auch.

– Ach, seine Wohnung?

– Nein. Nicht so. Er malt Bilder. Aber er scheint sich nicht viel daraus zu machen. Er meint, Malerei sei bloß Lüge.

– Aha, sagte Torsten. Ja, das hat vielleicht seine Richtigkeit.

– Diese Wand, die wir heute gemacht haben, ist jedenfalls eine richtige Wand. Sie steht, wo sie steht.

– Ja. Das hoffe ich, sagte Torsten ohne rechte Überzeugung. Auf jeden Fall hat es Spaß gemacht, daran zu arbeiten. Und ich möchte dir danken für all deine Hilfe. Ich hoffe, du hast dich nicht genötigt gefühlt, mir zu helfen?

– Man entscheidet immer selbst, wem man helfen will. Wenn es drauf ankommt, also.

– Ja. Dann wird es wohl Zeit, daß wir nach Hause gehen.

– Sicher. Aber du kannst ruhig noch ein bißchen aufräumen, wenn du willst, dann ruhe ich mich hier solange aus.

– Geht's dir nicht gut?

– Doch. Eigentlich schon. Aber ich bin ein bißchen müde. Und mir brummt der Schädel. Ich lege mich nur ein Weilchen hin. Mit der Jacke unterm Kopf, dann wird es besser.

– Ich fahr dich nach Hause. Keine Frage. Das ist doch nur ein Schlenker nach Morgongåva. Ist schnell gemacht. Wie du sagst: man entscheidet immer selbst, wem man helfen will.

– Aber ich wohne nicht mehr in Morgongåva, sagte ich doch schon. Sondern gleich hier nebenan.

Als Stig dies gesagt hatte, wurde es still.

Torsten wußte nicht recht, was er tun sollte. In diesem

Augenblick war an der Tür ein lautes Klopfen zu hören, nein, eher ein Hämmern als ein Klopfen. Es war, als sei die ganze Welt aus irgendeinem unerfindlichen Grund wieder zum Leben erwacht und dränge herein.

– Wer zum Teufel kann das sein? Es ist doch schon halb neun!

– Du wirst schon sehen, es ist diese Sofie, die wieder herumgeistert, sagte Torsten.

Und es fehlte nicht viel, daß er für einen kurzen Moment selbst daran glaubte.

Inhalt

Lars Gustafsson
im Carl Hanser Verlag

Der Tod eines Bienenzüchters
Roman
Aus dem Schwedischen von Verena Reichel
1978. 180 Seiten

Die Tennisspieler
Erzählung
Aus dem Schwedischen von Verena Reichel
1979. 104 Seiten

Erzählungen von glücklichen Menschen
Aus dem Schwedischen von Verena Reichel
1981. 200 Seiten

Die Stille der Welt vor Bach
Gedichte
Herausgegeben von Verena Reichel
Aus dem Schwedischen von Hans Magnus Enzensberger,
Hanns Grössel, Anna-Liese Kornitzky und Verena Reichel
1982. 98 Seiten

Trauermusik
Roman
Aus dem Schwedischen von Verena Reichel
1984. 217 Seiten

Die dritte Rochade des Bernard Foy
Roman
Aus dem Schwedischen von Verena Reichel
1986. 400 Seiten

Die Bilder an den Mauern
der Sonnenstadt
Essays über Gut und Böse
Aus dem Schwedischen von Ruprecht Volz
Edition Akzente. 1987. 176 Seiten

Die Kunst, den November zu überstehen
und andere Geschichten
Aus dem Schwedischen von Verena Reichel
Hansers Bibliothek der Erzähler
1988. 200 Seiten

Das seltsame Tier aus dem Norden
Roman
Aus dem Schwedischen von Verena Reichel
1989. 200 Seiten